メディアワークス文庫

Missing8
生贄の物語

甲田学人

目　次

いつだったかの事。

稜子が急に呟いた。

「……そう言えば、魔王様がお肉食べてるの見た事ない」

「へ？」

その声に武巳が目を向けると、隣に腰掛けている稜子が、斜向かいに座っている空目を、真顔でじっと見詰めている。

昼前の、混み始める前の食堂。いつものメンバーで集まって、いつものように昼食を始めようという時だ。皆で占拠している六人がけのテーブル。めいめい食堂で注文したり、売店で買って来たりした昼食を前に置いて、席に着いている。

サンドイッチとか、牛丼とか、醤油ラーメンとか、唐揚げ定食とか。

そして稜子の発言によって注目された空目も、皆と同じテーブルに、斜めに構えて座って文庫本を手にしている。

そんな空目の前にあるのは、売店で買えるエネルギーバーの箱。

それと自販機で買った野菜ジュースの缶。完全に、本を読むついでに昼食を済ませてしまおうという構え。

武巳は言った。

「そうか？」

「うん、魔王様、わたしたちとは食べてる物、明らかに違うもん」

武巳は首を傾げる。同じ学校で手に入る物を食べているのだ。稜子の言うような印象は無いし、違う物を食べようとしても逆に難しいのではないかと思う武巳だ。

「え、いや……確かに今日はこれだし、普段からちょっと軽めの物が多い感じがするけど、俺らと同じもの食べてるだろ？」

武巳と比べても食が細い空目は、パンとか簡単なもので昼食を済ます事が多いが、食堂で注文する事もある。ついでに言うとこのメンバーは、雑談であまり食べ物の話をしない。皆、意外な物が好物だとか、変わった偏食があるとか、そういった食事に関しての意外性がそれほど無く、また皆それほど食に拘り(こだわ)が無い感じで、たまに話してみても、いつも大して盛り上がらないのだ。

食べる物も、皆、だいたい決まっている。

空目は先の通り簡単なパンなどが多く、逆に俊也(としや)は量を食べられれば何でもいいといった感じがする。味が好きだから決めているというよりも、身体(からだ)の要求で仕方なく食べているような印象がある。そういう点ではこの二人の食べるものは正反対だが、根本が似ている。

亜紀(あき)はあっさり目の麺類をよく食べている。さっと食べられる一品ものが多く、ついでに言うと食事中の様子を見られるのが好きでは無いらしく、見ると怒る。

稜子は好き嫌い無く何でも食べるが、ややパン派で、気付くとサンドイッチを買っている事が多いらしい。かく言う武巳も、これだと主張するほどの好物は無い。若干だが好き嫌いがあり、魚介類に苦手なものが多い。

そんな訳で、稜子の話には、武巳は懐疑的な顔になるのだった。

皆も、どちらかと言うと「何を言ってるんだ」という雰囲気。当の空目などは最初こそ一度だけ目を向けたが、すぐに本へと目を戻してしまった。

「ううん、絶対だよ。思い出してみて」

だが稜子は、怯まず念を押して来る。

「今まで魔王様ってなに食べてた？」

「パンとかサンドイッチとかおにぎりとか食べてるよな？」

武巳は空目の食事風景を意識して思い返す。記憶にある姿は大体、昼は片手間に食べられるような物を買って、食事のついでに読書をしている空目。

「……ん？」

だが言われてみると、カツサンドなどの「重い」具材を食べていた印象は確かに無い。食が細いと言うのでつい当然のように思っていたが、そこから記憶を拡大して行っても、ハムサンドすら印象に無いし、パンは具材の無いプレーンなもので、おにぎりも梅干しばかりで、他の具材のものを手にしていた記憶が出て来ない。

「んん？」

「ね？　そう思わない？」

思わず首を捻った武巳に、稜子は駄目押しする。

「それに、さっき魔王様が売店で一緒に居たんだけど、最初はサンドイッチとか見てたんだけど途中で止めてて——それ見てて何となくだけど、お肉を避けてるのかな、って感じがして」

こう見えて稜子は人間観察が妙に鋭い。論理的だったり具体的だったりする根拠を言える事はまず無いのだが、それでも「何となくこんな感じがした」と言い出した事は、割と高確率で当たる。

「で、それからよーくよーく考えてみたら——魔王様がお肉食べてたのって、一回も見た事ないなって、いま気が付いて……」

なので、急に言い出したと。どう？　と言うように武巳を見る稜子。そう言われるとそんな気がして来るが、武巳には何とも言えない。

「えーと……陛下が実はベジタリアンかも知れない、って事？」

「そうそう」

武巳がそう応じると、好奇心でキラキラした目で、稜子は頷いた。なるほどそれは考えた事が無かった。ようやく武巳もその話に関心を持った。

「なるほど……」

ベジタリアンの魔王陛下。言葉にすると変な響きだ。

俄然面白くなった。武巳は今までベジタリアンの人には会った事が無いが、それが空目なら納得できる気がする。似合う気がする。いや、変だろうか？　そもそもベジタリアンというのはどういうものなんだろう？

よく知らない。ただの好き嫌いとは違うのだろうか？　思想？　宗教？　動物愛護？　少なくとも空目からそんな話は聞いた事が無い。

武巳は少ない知識から、ベジタリアンという言葉に勝手にストイックな変人というイメージを持っている気がする。そこには空目は合致するが、宗教や動物愛護といったものには明らかに合致しない——————気がする。

本気で記憶を探る。

「どうだったかな……確かに見た事が無い気が……」

「だよね。だよね」

話題に乗って来た様子の武巳に、嬉しそうに身を乗り出す稜子。

そんな二人の様子を見て、亜紀が完全に呆れた顔をして言った。

「馬鹿者ども……本人が目の前に居るのに、勝手なこと言って盛り上がるのは失礼だとは思わないの？」

「あ」

言われて気付き、慌てて空目を見る武巳と稜子。空目は無表情に、文庫本に目を落としたままで居る。

「ご、ごめん」

「ごめんなさい……」

思わず謝った二人に、空目は本から目を上げないまま、言葉だけを返した。

「……俺はベジタリアンでは無い。肉類は確かに好きでは無いから自分では選ばないが、わざわざ取り除いたりもしない。食べるに当たって抵抗は無い」

そう言う。

「そ、そうなんだ……」

武巳は恐縮するが、内心では答えが分かって喜んでいたりする。そんな皆をよそに、我関せずといった様子で大盛りの定食をかき込んでいた俊也が、空目の答えを聞いて、ふと手を止めて、ぼそりと口を挟んだ。

「……空目の家な、そのエネルギーバーと野菜ジュースが段ボール箱で積んであるんだ。他に食べ物が何も無えぞ」

衝撃の発言。

「後はチョコレートだけだ。本当にそれだけだぞ。家ではそれしか食って無えんだ。脳の働きを維持しようって気はあるんだが、肉体を維持するのには関心が無えんだとか言ってる。脳も肉体だと思うんだが、言っても聞かねえ」

　お前らも言ってやってくれ、というような口振り。

「え」

　思わず皆が空目を見る。学校で皆が見ている食事は、まだマシな状態らしい。

　想像を超えて非人間的な生活をしている空目の自宅の様子が報告された。基本的には合理的思考の権化のような人間である空目の生活としては、妙に似合いな気もするが、しかし身体が維持できなければ脳も駄目になるのは間違いの無い事実なので、空目の言い分は非合理で屁理屈だ。

　そうすると、この話題になってから初めて空目が本から顔を上げて、訂正して言った。

「脳の維持じゃない。思考の維持だ」

「同じだろうが」

「いや、似て非なるものだ。思考が脳だけの働きならば、いずれ人間には絶対にやって来る肉体の死によって、思考は失われる事が確定している事になる。俺は思考することが人間の全てだと考えていて、死後も思考できる事を願っている。もし死後にも、魂のような存在となって思考が維持されるなら、肉体は無駄だ。そしてそうでないならば、この人生自体が無駄で、やはり肉体は無駄だ」

文庫本に指を挟んで閉じ、眉を寄せて、真顔で極論じみた反論をする空目。

「お前な……」

苦虫を噛み潰したように俊也。だが、似たような屁理屈を武巳が言ったら即座に鋭い毒舌で切り刻んで来るであろう亜紀が、意外にも同意して頷いた。

「そうなれば理想だね」

「あ？　木戸野もか？」

「私も、死んでも自分は自分で居たいと思うよ。そういう意味では賛成するね。そうでないなら、もうこの世に何も残さずに完全に消えたいね。自分が、こうして自分として物を考えてる自分で居られないなら、この世なんて何もかも無意味だ」

皆とは視線を合わせず、しかし大真面目な様子で、そう言い切る亜紀。このメンバーの中で我の強さでは筆頭格の二人が、揃って願う『自己』の形。

考える故に我あり。

「…………」

期せずして、皆、ひどく考え深げな空気になった。

自己とは。死後とは。肉体とは。思わず色々と考えてしまった。しばらく沈黙があり、もう空目の食事の話題は終了したと、武巳はもちろん誰もが思っていたのだが、不意に意外にも当の空目がその話を継いで、口を開いた。

「……後は、俺が〝生贄(いけにえ)〟を受け入れる資格のある存在かという点だな」

「えっ？」

急に、想像もしていなかった異様な単語が空目の口から出て来て、自省的な思考に沈みかけていた皆が、ぎょっとして顔を上げた。

武巳は言う。

「い、生贄？　いきなり何？」

「肉食の話だが？」

空目は、それ以外なにがある？　とでも言うような様子で、平然とそう回答した。

「は？」

「現在の文明社会での肉食は、ほぼ生贄と同じ構造なのではないかという仮説を、俺は考えている」

話が判(わか)らない武巳の反応を見て、空目は説明を加える。

「生贄とは、捧(ささ)げられる側から見た場合、動物の命を、自ら狩るのではなく、他者から何らかの利益を期待して与えられる、というものだという定義が成り立つな？　ならば、金銭という利益を期待して育てた動物の肉――――イコール動物の命を、市場に流す行為は、ほぼ生贄と同じではないか？　というのが俺の考えだ。相手が神などの上位存在であるか、市場経済、あるいは大衆、消費者という、準上位存在とでも呼べるものかの、それだけの違いだ。その行為によって期待した利益を受けられるか、つまり対価が得られるか否かが、最終的に受け手の裁量に委ねられていて、究極的には祈るしか無いという点も、似ていると考える」

また強烈な事を言い出した。

武巳は戸惑うが、亜紀は応じて言う。

「市場経済は大衆を神に変えた、みたいな？」

「それはまた話が変わるが、そういう方向の思索も可能だな」

頷く空目。

「とりあえず俺個人の話に戻すと、肉食を生贄と仮定した場合、特に肉食を好まず、肉体の維持にも興味が無い俺は、少なくともその供犠の対象では無いだろう、という点を確信している訳だ」

「ははあ、なるほど？」

「少なくとも、それを捧げても喜ばない俺のために、動物を屠るには当たらない」

そう空目は言う。

自己とは。生贄とは。経済とは。神とは。色々と話と思索が陳列され、煙に巻かれたような顔になって、武巳は思考の停止した感想を述べる。

「はー……すごいな……」

稜子はもっと思考が停止していた。

「……何の話だったっけ？」

ぽかん、と。

俊也がきっぱりと答えた。

「空目の奴の好き嫌いの話だよ」

皆が空目を見た。空目は特に何も答えず、眉を寄せて一度俊也に目をやると、ただ詰まらなそうに、ふん、と小さく鼻を鳴らした。

羽間(はざま)村(むら)の某(なにがし)が家の養ひ児、入らずの山に入りて帰らず。

神隠しに遭ひたりと聞く。

右、元屋の隠居たずねし折に伝へ聞きし事、ここに記すもの也(なり)。

――『羽間歴史会・羽間民俗資料集成』

世に言う『生贄』なる言葉に対し、果たして諸氏はいかなる印象を抱くであろうか。一般的には血腥く、魔術的、あるいは妖術的イメージを喚起する『生贄』の二文字であるが、それは実際には魔術ではなく宗教に属する領分であり、真正オカルティズムの思想ではない。生贄とは神、あるいはそれに類する超常的存在に生命物を捧げる行為であり、古代より続く野蛮な習俗である。生贄を求め、受け取るのはあくまで宗教（あるいはその宗教を奉ずる共同体）であり、少なくとも魂の高みを目指す近代魔術において『生贄』は相応しい行為ではない。

通常「生贄を捧げる」という行為は、その意義において二種に分類される。一つは『神』を始めとする超常的存在に感謝、慰撫等の目的で糧として捧げられるもの。一つは共同体の罪や穢れを引き受けさせて殺害、あるいは追放等されるものである。日本では前者が多く見られ、西欧では後者が多く見られる感がある。前者の代表は八岐大蛇に捧げられる奇稲田姫、後者は基督であろうか。

――大迫栄一郎『オカルト』

序章　壁の中に

それは昔、この学校ができて間も無くの頃の話だ。

ある一人の女子生徒が、妻子のある男性教師と関係を持った。

女子生徒は本気だったが、男性教師はそうでは無かった。結婚を望む女子生徒を、男性教師は鬱陶しく思い始めた。男性教師は、奥さんと別れるつもりは無かった。思い余った男性教師はある雨の日、当時はまだ工事中だった女子寮に、女子生徒を連れ出した。

そして女子生徒を殴って殺し、死体を壁の中に塗り込めてしまった。

今も女子寮のどこかの壁に、女の子の死体が埋まっている。

＊

「…………」

女子寮の薄暗い廊下を、一人の少女が歩いていた。

夜と言うには遅く、深夜と呼ぶには早い、そんな時間。少女は着替えと、いくつかの洗面用具をタオルに包んで、静まり返った廊下を、一人歩いていた。

伸ばし気味の髪が、背中で揺れている。

誰も居ない廊下の、くすんだ赤色をした、下の床材の硬さが感じられる薄い絨毯を、少女のスリッパが踏んで行く。

そうやって廊下を進む少女の表情は、何故だか妙に硬い。

向かう先はシャワー室。そこへ向かいながら、少女は着替えを胸に抱きしめて、不安げな表情で、一人ぽつりと呟いた。

「うぅ……嫌な話、聞いちゃったなぁ…………」

それは、廊下に広がる沈黙を、紛らわそうとするかのような独り言だった。少女はただシャワーを浴びに行こうとしているだけだ。だが、いつも自分が生活している寮の中で、この時の少女は、何故だか妙に怯えていた。

少女は就寝前のシャワーを習慣にしていたが、今日に限っては状況が違っていた。

それは友達の一人から、とある一つの〝怪談〟を聞いた事が原因だった。

この学校にまつわる、怪談話。

それは昔、教師と肉体関係になった女子生徒が殺されて、その死体が女子寮のどこかの壁に塗り込められている、という話だった。

ゴシップじみた怪談としては、割とよくあるタイプの話だ。だが少女はどちらかと言うと怖がりで、だから話を聞いてからというもの、自分の住んでいる寮の壁が気になって、仕方が無くなってしまったのだ。

――――自分の部屋の壁の中に、女の子の死体が埋まっているかも知れない。

そんな妄想。イメージ。

もちろんそんな訳は無い。だが一度そうイメージしてしまうと、もう不気味な想像が止まらなくなってしまったのだ。

しかも間の悪い事に学校が休校になってしまい、昨日と今日とで多くの生徒が帰省して、寮の中はガラガラになっていた。普段生活している生徒の五分の一も、今、この寮には残っていない。

いつも人の気配で満ちている寮が、今日に限っては死んだようになっていた。こうして歩いている廊下にも、不気味な静けさが広がっている。それを紛らわすための呟きも、空気と絨毯に吸われて消えて。落ち着いた寄宿舎風の内装さえも、ただ不気味に、少女の不安を、ひしひしと煽るのだった。

「……………やだなあ」

少女は再び、独り言を口にした。

少女は耳に聞こえる静寂を、そうやって自分の声で消し去ろうとしていた。そして無用に周りが目に入らないように、意識して視線を前に向ける。いま物陰などに目を向ければ怖いものが見えそうで、また黙に耳を向ければ嫌なものが聞こえそうで、少女はとにかくそれを恐れて、身と心を強く縮めていた。

寮が、怖い。

暗闇から何かが出て来そうで、臆病な少女の五感は、今もどこからか、ありもしない視線を感じてしまうほどだ。

だがそれでも少女は、シャワーに行くのを止めて、部屋に帰る気にだけはならなかった。そんな事をしようものなら部屋で待っているルームメイトに、ますます笑われるに決まっているからだった。

あの怪談話を、有り難くも聞かせてくれた友達にだ。

休校中は帰省せずに、こちらに居ようと示し合わせた何人かの親友。そのうちの一人が彼女だった。入寮の時にルームメイトとして出会い、この高校に来てからの一番の親友だ。他の子とも仲は良いが、彼女ほどの子は居ない。そんな友達だが、あの趣味だけはやめて欲しいと、少女はつくづく思うのだった。

「うう、もう……」

彼女は、少女が怖がるのを面白がって、色々と怖い話をして喜ぶ趣味があるのだ。

先輩から聞いたという、当の怪談を話してくれた時も、彼女はその顔に満面の悪戯者の笑みを浮かべて、心の底から楽しそうにしていた。

悪乗りが過ぎる事がある。だが基本的には無邪気でいい子だ。

別に少女の方も、彼女に対して本気で怒っている訳では無いのだ。

「ああもう、でもなあ……」

それでも少女は、ぼやかずにはいられない。

怒っていないからといって、今感じている不気味さが無くなる訳では無い。

この壁に、窓に、感じる不気味さが無くなる訳では無い。

この脱衣場に感じる不気味さが無くなる訳では無い。

「……………」

少女は辿り着いた、脱衣場のドアを開けた。

無愛想なオーク調のドアが開き、中の闇が溢れるように覗いて――その微かに湿気の匂いがする暗闇に、少女は刹那、躊躇した。

ぼんやりとしたシルエットを見せる、脱衣場の棚、籠、鏡。

いつもなら、こんな時間でも誰かしら人が居る。一人で使うのは初めてだった。

手探りでスイッチを探し、脱衣場とシャワー室の明かりを点ける。古い蛍光灯が瞬く。茶色の棚と漆喰の壁が照らされて、誰も居ない脱衣場の様子が、露わになる。

「……」

しん、と静かな脱衣場。

たった一人。

意を決して少女はドアを閉め、棚に収まった籠に、着替えとタオルを入れた。怖いので鏡を見ないようにして、棚を向いてブラウスのボタンを外し始める。手早く服を脱いで籠に詰め込み、下着も脱いで、タオルで体を隠す。

そして、シャワー室のガラス戸を開けた。

音を立てて戸が開き、音がシャワー室に反響した。

冷たい空気が肌を撫でて、少女はひとつ、身震いする。石鹸と水垢の匂いが混じった、風呂場の匂いが、鼻腔に流れ込む。

誰も居ないシャワー室の、冷たいタイルに足を下ろした。

並んだ仕切りの一つに入り、手に持ったシャンプーを棚に置いた。

シャワーの口を脇に向けて、水を出す。最初は冷たい水が出て足を濡らすが、徐々に温かくなって、やがてお湯に変わる。

足の下のタイルが温まり、冷たい空気を駆逐して湯気が仕切りの中を満たす。

そうしてようやく、シャワーを自分の方へと向ける。待ちかねた温かいお湯を、頭から浴びる。流れ落ちる湯から全身に温もりが染み渡り、少女はしばし、脱力する。

「はぁー……」

少女は目を閉じて、至福を感じながら、湯の流れに身を任せた。

この瞬間が好きだった。少女はシャワーの口を見上げるように顔を上げて、深く、深く、温もりの中で息を吐いた。ひととき、今までの怯えも忘れて、体に染み込んで来る温かい快感を全身でゆっくりと貪る。雨に似たシャワーの音が、一杯に耳朶を満たす。

しばし、そのまま居た。

やがて少女は、両手で濡れた前髪をかき分けて、背中へと梳き上げた。

そして、シャワーの口を再び脇に向けると、棚のシャンプーを手に取って、中身を手の平に出す。それからシャンプーを泡立てると、頭に付けて、髪を洗い始めた。

「……」

目を閉じた。真っ暗になった。

暗闇の中に、シャワーの水音が広がっていた。

少女はシャワーを浴びるのが大好きだったが、この髪を洗っている間の時間が、実は大の苦手だった。目を閉じて下を向き、髪を洗い、シャンプーを流すまでの間、目蓋の裏の闇を見ながら世界でただ一人になる時間が、少女は何よりも苦手だったのだ。

それは裸で、目も開けられない、無防備な時間。

途中で手を止めて、振り返る事もできない、恐怖の時間。

もし周囲で何かが起こっても、その間は、決して見る事ができないのだ。そう——例えば後ろに〝何か〟が立っていても、見る事も、逃げる事もできないのだ。

そう考えると、ますます嫌な想像が止まらない。

こうして目を閉じている間、自分の周囲で何が起こっているかも判らない。

シャワーから出るお湯が、血の色に変わっているかも知れない。後ろにある鏡の中に、何か異常なモノが映って、こちらを見ているかも知れない。

窓がそっと開いて、何かが覗いているかも知れない。

壁から手が伸びて、自分を摑もうと伸ばされているかも知れない。

天井から何かが吊り下がって、ゆっくりと降りて来ているかも知れない。

背後に誰かが立って、じっ、と見下ろしているかも知れない。

「…………」

嫌な想像が、加速する。

そしてそのうちに、少女は嫌な事を思い出して、髪を洗う手を鈍らせた。

少女の背筋に、ぞわ、と嫌な悪寒が走る。それは少女が、今の今まで必死で忘れようとしていた、この状況では決して思い出したく無かった、あの〝怪談〟の事だった。

――女の子の死体が、寮の壁に塗り込められている。

それだけでも少女にとっては、充分に怖かった。

だがその話には、続きがあった。そしてその〝続き〟こそが、今の少女にとって、一番思い出したく無かった事だった。

思い出さないように気を逸らしていた。

ずっと考えないようにしていた。

その、〝嫌な話〟を。

思い出してしまった。

髪を洗いながら、あの〝怪談〟の続きを。

――――

とある雨の日に呼び出された女の子は、教師の手によって殴り殺され、そのまま当時建築中だった女子寮の壁に塗り込められた。

しかし、そのとき女の子は、実はまだ生きていた。そして殴られた怪我で体が動かせない状態のまま、生きながらにして、壁の中に埋め込まれてしまったと言うのだ。

意識はあるけれども体が動かない状態で、女の子は、教師の手で自分が壁に塗り込められて行くのを見る事になった。声も出せず、心の中で助けを求めながら、自分の体が埋められて行く様子を、何もできずにただ見る事になった。

雨の降る音を聞きながら。

自分の体が、だんだんと漆喰で埋められて行って。

やがて顔も漆喰で埋められて、何も見えなくなって、息もできなくなって。

何度も何度も心の中で助けを求めながら、女の子は苦しみ抜いて、死んで行った。

女の子の死体は、今もこの寮のどこかの壁に埋まっている。

そして死んだ女の子は呪いとなって女子寮に取り憑いていると言う。

だからこの女子寮の中で、女の子が殺された時に似た状況を作ると、女の子の亡霊が現れると言うのだ。

それは、あの雨の日と同じような音を立てる、シャワー室で。

壁に塗り込められて何も見えなくなった時と同じように、目を瞑って——

「……！」

慌てて、少女は思考を振り払った。

しかし時すでに遅く、少女は話の全てを思い出し、思い浮かべてしまっていた。

髪を洗う手は、いつの間にか止まっていた。気のせいか、どこからか冷たい風が細く入って来ているような、そんな気がして来た。

「…………」

思い出してしまった。

徐々に自分の中に恐怖が湧き出して、五感が過敏に、周囲を気にし始めた。

雨のようなシャワーの音。その中できつく目を閉じている中、目蓋の裏にある闇が急速に拡がって行くような錯覚。聴覚と皮膚感覚が、シャワー室全体に拡がる。湯とシャンプーの匂いが鼻腔を満たし、シャワー室の空気を、全ての感覚が敏感に拾い始める。

「…………」

周囲が、背後が、ひどく気になる。

しかし、だからと言って、ここで髪を洗う作業を止める訳には行かなかった。

せめて、早く洗い流さないと。そう思ってシャワーを手探りする。だがここでも嫌な想像は少女の脳裏をよぎり、頭の中に拡がって行く。

ここで、いきなり何かに手を掴まれたら。

手でシャワーを探って、そこに人の手の感触があったら。

怖い想像は加速し、追い払えば追い払おうとするほど、頭に纏わり付く。すでに少女の腕には鳥肌が立ち、目を閉じたままシャワーへ向けて伸ばしている手の先に、ありもしない気配を感じている。

少女の手が、シャワーを掴む。

何も無かった。当然だ。少女は湯の噴き出し口を自分に向けて、もどかしげに髪のシャンプーを落とし始める。顔にかかる湯が、より強く、目を閉じる事を強いる。耳を水の音が埋め尽くし、肌の表面を、温かな湯の流れが覆う。

ざあ、と激しい雨音に似た音が、周囲を埋め尽くす。

塗り込められたような暗闇が、目の前を覆う。

顔を流れるお湯が顔を覆い、息苦しい。

そして、背中に冷たい風を感じて――――

かたん。

と背後で、小さな音が聞こえた。

＊

…………

深夜の学校に、一人の男が立っていた。

校舎の足元に据えられている花壇に、たった一人。敷地（しきち）に一つの明かりも無い暗闇の中、明かりを点ける事も無く。

煉瓦（れんが）タイルの壁に見下ろされた真っ暗な花壇には、今は何も植えられておらず、ただ黒い土ばかりが満たされている。そんな花壇の中に立つ男の手には、暗闇の中に見えるシルエットだけでもそれと判る、一本の長大なスコップが握られていた。

男の額には、汗の玉が浮かんでいる。

土いじりの最中だ。足元の土にある掘り返した跡を、何度も何度も踏み固めている。

黙々と行われている作業は、一見すると用務員のものに見えた。しかし男の服装はどう見ても用務員のものでは無く、立派な仕立てのスーツだった。

土を踏み固める靴も、似つかわしく無い重厚な革靴。一見して初老と呼ぶにも過ぎた年齢の男だったが、そんな年齢の割に精気に満ちた顔と、きっちり一分の隙も無く固められた黒々とした髪が、ある種いびつにも見える非人間的な若々しさとして、見る者に威厳を越えた威圧感に近い印象を与えていた。

長身で体格の良い、重厚で立派な紳士。

そんな男が形振り構わずスコップを振るい、花壇の土を引っ繰り返している。

掘り返した跡のある土に、新たな土を盛っては、何度も踏み固めている。そして何度も土を均して、何の変哲も無い花壇に変えようとしている。

見るからに、花壇の仕事では無かった。

まるで、塚でも作ろうかとしているようだ。

幾度も幾度も土を盛り、踏み固め、そして均す。

深夜の学校に、スコップの音が響き、そしてその合間を縫うように、男の荒い息遣いと、呟く言葉が闇の中に流れる。

「……これは名誉なのだ」

土を均しながら、男は言葉を呟いていた。

「誇りなさい。これは大変に名誉な事なのだ」

男はずっと呟きながら、何度も土を踏み固めて、さらにその上に土を盛り、それを均し続けていた。

「この上ない、名誉な事なのだ」

呟く。

何度も。淡々と。まるで足下の土に、言い聞かせてでもいるかのように。

「名誉なのだ」

男は呟き、呟き……そしてやがて、ふと作業の手を休め、冷たい夜の空気に息を吐いた。

男はすぐ隣に聳えている、校舎の外壁を見上げる。そうしてからそこで初めて気が付いたように、額に浮かんだ汗をスーツの袖で拭った。

異様に静かな、羽間市の夜が広がっていた。

その夜の闇に、黒々と、影で出来た城壁のように聳え立っている、煉瓦タイルの校舎。

やがて男はまた、スコップを握り直す。そうして再び作業を始めようとした矢先に、男の耳に〝それ〟が聞こえ、ぴく、と男は動きを止めた。

「……」

静寂の中、男の足元の土の中から、か細い微かな〝声〟が漏れ出て来た。

――た……す……

最後まで聞かなかった。

男はやおらスコップを振り上げて、渾身(こんしん)の力で足元の土に突き刺した。

がつっ、と金属が土を抉(えぐ)る音が、夜の闇を震わせた。しん、とそれきり、音が消えて静かになった。

「……誇りなさい」

やがて。

男の呟きが、また静かに闇に流れる。

そして再び土をいじる音が、響き始めた。

深夜の学校に。

誰にも、聞かれる事なく――

一章　白紙の中に

1

近藤武巳が最後にバスを降りると、十月の匂いがする風が髪を嬲った。

「……うわ」

上着のポケットに手を入れ、思わず武巳が肩を縮めると、背後で音を立てて、バスのドアが閉まった。エンジン音が大きくなり、排気とも、タイヤとアスファルトが擦れ合った臭いとも知れないガスが巻き上がって、それを残して音が遠ざかる。後にはバス停の標識と、古い石畳と、枯れかけた色の背の高い雑草ばかりが残されて、風に吹かれている。

「………………」

肌寒さと寂しさばかりが目立つ、民家もまばらな場所に立つバス停。

そこに六人が立っていた。羽間市の外れも外れ、ちょうど南の山の麓に当たる土地に、武巳達はやって来ていた。

薄曇りの空の下、ひとかたまりになった一同は、物珍しげに、あるいは物憂げに周囲を見回している。すでに一年半近くをこの市で暮らしているが、このような場所にまで来た事は、少なくとも武巳は一度も無かった。

「寂しい場所だねえ……」

口元に手をやった日下部稜子が、そう感想を漏らす。

分かり切っている事なので、誰もその感想には答えを返さない。

村神俊也と木戸野亜紀は、ただ黙って辺りに目をやっている。そしてあやめが、吹きすさぶ風の中、静かに佇んでいる。

枯草が揺れる、荒涼とした光景。

あやめの髪と臙脂色の服が、その中で幻想的にはためく。

本人は平然としているが、頭一つ長身の俊也はその分だけ風を受けていて、側から見ているといかにも寒そうに見える。他の面々が着ているような厚手の秋物服では無く、学校の制服を着ているので、特にそう見えるというのもあるだろう。

亜紀はその気の強そうな眉を寄せて、寒々とした風が吹く空を睨んでいる。

冷え性気味だという稜子は、この涼し過ぎる気候に、上着の袖を握り込んでいる。

長く整備されていない歩道の石畳が、くすんだ色を晒していて、ますます寒々しい。ここまで来ると、同じ羽間市の石畳風景でも、中心部とは違い、まるで忘れられたかのような田舎の雰囲気がある。

取り残されたような、土地。

「……行くか」

皆がそれぞれの感想を抱いていると、黒ずくめの空目恭一が、無感動な声で言った。

空目は皆の返事も待たずに、先に立って歩き始めた。皆はその黒い後ろ姿を追って、冷たい秋風に煽られながら、歩いて行く。

…………

あの文化祭を発端とした『合わせ鏡』の事件が終わって、二日ばかりが経っていた。

事件による影響を考えての事だろうか、学校は急遽、一週間に亘る臨時休校を決定し、その二日目に当たるこの日、武巳達は珍しい空目の提案によって、全員で連れ立ってこの場所までやって来た。

この行程は、昨日、空目の言った言葉から始まった。

『──やはり俺は、〝魔女〟の計画を潰さねばならんらしい』

唐突な、しかし恐らくは長大な思考の末に発された宣言。その言葉の重さとは裏腹に、普段通りの無表情でそれを口にした空目は、それぞれの反応をする皆を見回して、それからこのように続けた。

『理解した。やはり十叶(とがの)先輩は、俺の目的とは完全に敵対する者だ』

と。

『あの〝魔女〟の行いを阻む必要がある。形振(なり)り構わずにだ。だから、ここに居る皆に頼みたい。協力して欲しい。だが、ここからは大きく危険が増すだろう。降りるなら、ここで降りるべきだ』

それは空目の、初めてと言っても良い、真正面からの協力要請だった。

『もし、それでも協力しようと言うなら——俺が何故〝想二〟を追っているのか、その理由を説明したいと思う。その気があるなら明日集まってくれ。その説明に関係する、ある場所に連れて行きたい』

「……………！」

武巳はその言葉に一瞬色めき立ったが、意外にも他の皆の反応は鈍かった。

あれだけ皆を蚊帳の外に置こうとして来た空目からの、明確な歩み寄りだ。にも拘(かかわ)らず、皆なにか心配でもあるかのように表情を暗くするか、硬くしていた。特に村神が、躊躇にも見える表情を浮かべたのは意外だった。いつもなら空目が何を言おうと当然のように腕を組み、眉ひとつ動かさない村神がだ。

そんな皆の反応に、武巳の一瞬の興奮も萎んだ。

そして自分の置かれている立場を思い出して、目を伏せた。

『重ねて言うが危険だ。よく考えて決めてくれ』

『……』

空目の再度の警告が、そんな空気をさらに重くした。しかし一夜が過ぎたこの日、結局誰も欠ける事なく羽間駅に集まって——そして頷いた空目の案内で、駅前から市バスに乗り、市の遙か郊外へと向けて、出発したのだった。


…………


そうして今、武巳達は郊外を歩いていた。

枯れかけて斑になった薮と、同じ色の山の景色。その中を通る放棄されたハイキングコースと思しき石畳を、一同は空目を先頭に歩いていた。バス停のある国道から外れた、この寂れた道。真ん中には一応車道があるのだが、今まで歩いていて、ただの一度も、車が通るのを見ていなかった。

見かけた人家も、多分両手の指で余る。

ぽつん、ぽつん、とまばらに古い家が建っている。

新しい家も、一度だけだが見かけはしている。だがこの景色の中では実態以上に寂れて見える。冷たい風が吹き抜けていた。

「…………」

その中を、皆は黙々と歩く。

風の冷たさと、そして内外から湧き出す暗い雰囲気に、一同は自然と無口になっていた。

空目も皆も、何も言わない。質問も無い。空目がどこに向かっていて、皆がどこに連れて行かれるのかは、道中に訊くまでも無く、最初に説明されていたからだ。

黙々と、歩いた。

徒歩時間は十五分を越え、まばらだった人家はとうとう姿を消し、本当に目的の場所がこんな所にあるのかと、武巳は不安になって来る。

そうするうちに、山近くまで入り込んだ辺りで、空目は不意に口を開いた。

「あそこだ」

空目が指差した方向には、古く立派な、それでも大きさの割にこぢんまりとした印象のある洋館らしき建物が立っていた。

木と生垣に囲われた、その建物に背を向けて、空目は武巳達に向き直る。

コートのポケットに手を入れて、目を細める。

そして、皆へと言った。

「あれが――俺の母親の実家に当たる家だ」

そう言うと空目は、口の端を下げるように微かに歪め、その無表情な白い貌に、どことなく面白く無さそうな表情を作った。

＊

吉相寺という家名のその屋敷は、荒地の中に、山を背にして建っていた。

周囲に人家の無い、ただ道だけが通っている荒涼とした土地に、荒れた背の高い生垣に囲われて、ぽつんと立っている洋風の屋敷だった。

庭は無い。家を直接、まるで押し潰そうとでもしているかのように、繁茂した生垣が覆っている。それが屋敷をひどく小ぢんまりとした印象にしている。しかし相応の広さの庭があったとしても、生垣の様子を見るに、手入れがされていたとはとても思えず、荒れ果てた庭が加わる事で、より心象が悪くなっただけかも知れない。

くすんだ色をした屋敷だ。

作りも華美では無い。それでも近付いて見ると、その建物が持つ重厚さには、否が応でも気付かされる。

建物のどこを見ても、今風の建売住宅などを見るとどこかしらにあるような、安っぽい印象が無い。緑青色の格子門も、鉄枠入りの玄関ドアも、全てが年月を重ねた物で、独特の重々しさがある。

旧家だ。

映画に出て来るような旧家だ。玄関で空目がおとないを入れ、出てきたお婆（ばあ）さんに連れられて廊下を行く間、武巳は周囲を見回しながら、そんな事を考えていた。

そして奥の部屋の一つに案内され、入った時、その考えは最大になった。そこには全ての素材が揃っていた。部屋は厚い絨毯が敷かれ、壁には大きな窓があり、その前で白い服を着た髪の長い女性が、揺り椅子に座って本を読んでいたのだ。

「…………」

落ち着いた色調の、調度類の中。

窓から入ってくる淡い光の中で、女性は膝の上の本に目を落として微笑（ほほえ）みを浮かべ、揺り椅子がゆっくりと揺れて、赤い膝掛けの上で、厚く大きな本がページを捲（めく）られている。

物語の中でしか見ない光景だ。それを前に、ドアの前で六人が立ち尽くす。

「…………」

女性は部屋に入ってきた六人に目も向けず、ただ本に目を落として微笑んでいる。

しばし、無為に停止したような時間が過ぎる。

女性は動かない。こちらに気付いていないのだろうか？　武巳は戸惑った。

戸惑って見回すが、皆は沈黙したままで、女性の方を見詰めたまま、微動だにしない。

このままでは失礼に思えた。だが誰も言葉を発しないので、仕方なく武巳が、おずおずと声を上げた。

「あの……」

「近藤」

途端に亜紀が武巳を遮った。

「え？　なに？」

「無駄だと思うよ」

「へ？」

何を言われているのか判らず、武巳は亜紀の顔を見る。亜紀は女性に目を向けたまま、硬い表情をしていた。その目は厳しく、しかし微かな怯えのようなものが混じっていて、気付くとほぼ全員が、似たような表情で女性を睨んでいるのだった。

「え？　何が……」

戸惑う武巳。

村神が呻く。

「おばさん、こんな事になってたのか……」

「ああ」

無表情に頷く空目。

「え、じゃあ」

「ああ、これが俺の母親だ」

空目は答えて、目を細めた。自分の母親だという女性を見ながら、空目の表情には白い壁でも眺めているかのような平静さしか浮かんでいなかった。

「!?」

武巳は驚く。

「この人が……?」

まじまじと女性を見る。一見した時、そんな事が思い付かなかったほど、その女性は若く見えた。服装のせいか、部屋の雰囲気のせいかは判らない。しかし見たところ女性の外見は、空目と姉弟だと言っても通用しそうに思える。

あまり似ている気がしない。

だが窓際で本を読む女性の姿は、ひどく絵になっている。

空目がそうであるように。言われてみると確かに。しかしそう思った武巳が、ふと女性の読んでいる本に改めて目を向けた時——武巳は皆の浮かべている表情が何なのか、ようやく気が付いた。

女性の持っている、分厚い本。

それはよく見ると本ではなく、一冊のアルバムだった。

そして、捲られているページは。

何度も何度も、おそらく気が遠くなるくらい捲られて、手垢で汚れて小口が擦り切れつつあるそれは――――何も入っていなかった。ただの一枚も写真の入っていない、全くの白紙だったのだ。

「…………!?」

その白紙の上を、女性の視線が滑る。

まるでそこにたくさんの写真が整然と並んでいるかのように、ひどく規則的に視線が動いている。

まるで本当に写真が見えているかのように。

いや、見えているようにしか思えない。

不意に、女性の口から笑いが漏れる。

「うふふふ…………」

その幸せそうな、しかし恐ろしく空虚な笑い声を聞いた途端。

武巳の背筋に、一斉に悪寒が走った。

全身に、鳥肌が立っていた。

「…………‼」

2

「まあ……せっかく恭一さんのお友達が大勢で来てくれたのだけども、見ての通り、もうあの子は、だぁれの顔も判らないようになってしまっているんですよ……」

済まなそうに、また寂しそうに言うお婆さん。

武巳達を玄関から案内したその小さな老婆が空目の祖母なのだと判ったのは、一同が母親の部屋を出てしばし、広い客間に案内され、テーブルに着いた時だった。

「よくいらしてくれましたねえ……」

部屋で一同が黙然としていると、お婆さんは銀のトレイを持って入って来た。そしてトレイに載せられた紅茶とお茶菓子を並べながら、自分が空目の祖母であると、皆に名乗って言ったのだった。

「恭一さんがここを訪ねて来るのも、ここにこんなに大勢のお客さんが来るのも、久しぶりですよ」

お婆さんは、そう言って嬉しそうに微笑む。話によると、この家に住んでいるのは空目の母と祖母の二人だけであり、来客も御用聞きと昔馴染み以外、殆ど無いのだそうだ。

久々の孫と来客に喜んでいるようで、一同を見回して感慨深げにしている。ただ最初にあやめの普通でない服装を見た時に驚いたようだったが、一瞬武巳が心配したほどには、気にはされなかったらしい。

お婆さんは幾つか話をして、そして皆に気を遣ったのか客間を出て行った。

ドアが閉じられて、部屋には六人が残されたが、しばらく一同は無言だった。

「…………」

それぞれに、それぞれの思うところがあった。

そしてしばしの沈黙の後、空目がおもむろに、口を開いた。

「さて――――見てもらった通りだ」

空目は言った。

応えて亜紀が口を開いた。

「見たものは判ったけどさ………結局、どういう事？」

「……だよなあ」

武巳も皆も、何故あの母親の姿を見せられたのか理解できず、亜紀に同調して、それぞれ頷いた。

「恭の字は、あれを見せるために、私らを呼んだんだよね」

「ああ」

空目は頷く。

「皆が見た通り、俺の母親は現在あの状態だ。当初は統合失調症と診断されていた。そして妄想型、破瓜型、緊張型……考え得る限りの病態を経由して症状が進み、今は精神荒廃に近い状態になっている」

沈黙する皆に、言葉を探すように視線を他所に向け、空目は淡々と説明を始めた。

「誰が話しかけても、殆ど反応しない。日がな一日、白紙のアルバムを開いて、父親に焼かれてもう存在していない想二の写真を見て、ああして笑っている」

「う……」

「そんな状態の母親を、わざわざ皆に見てもらったのは、俺が想二を追っている理由が、まさにあれだからだ」

その言葉に武巳は、あの母親の、不気味かつ痛ましい動作を、ありありと思い出す。

「じゃあ陛下は……お母さんのために⁉」

「いや違う。勘違いするな。俺は〝神隠し〟に連れ去られた想二がまともな姿で還って来るとは思っていないし、母親が元に戻るとも思っていない」

そのままの結論を出そうとした武巳だったが、空目は首を横に振って否定した。

「え、違うのか？」

「ああ。統合失調者の病態の根源には、現実に対するある種の弱さがあるそうだ。彼女の精神がこれまでの現実に耐えられなかったとするならば、正気に還るのが幸福かどうか、俺には判断が付かない」

「それなら、何で……」

「母親の見ている〝もの〟が、俺の知っている〝匂い〟と同じものだったからだ」

「！」

その答えに、皆が息を呑んだ。

「俺の子供の頃から彼女には統合失調症の診断が下っていたが、その過程で、ある時から想二の幻覚を見始めた。だが同時に俺も気付いた。母親が見ている何も無い空間に、かつて俺が遭遇した〝神隠し〟の、その『異界』と同じ匂いがしたんだ」

「……⁉」

「最初その〝匂い〟が何を意味するのか判らなかったが、当時子供だった俺は考えて、やがてこう結論した。母親の見ているものは単なる幻覚では無い、と。狂乱する母親が叫びながら、あるいは笑いながら口走っている、俺には見えない世界に、想二は居る。

あのとき俺が行く事ができなかった世界が、まさにそこにあって、それを母親は見る事ができている、と。そう結論して――――俺は興味を持った。俺は〝神隠し〟に攫われて、戻って来る経験をして以降、ずっと自分の心の中に何かの欠落を感じていた」

空目は自らの内側に目を向けるかのように、目を閉じた。

「最初は当然――――弟が居なくなった事による欠落だと思っていた。弟が行方不明になったのだから、欠落を感じるのは道理だ。だが違った。それは悲しみでも苦痛でも無い、喪失感ですらない、ただの『欠落』だった。それが心の中に存在する事で何らかの不自由を感じる訳では無い。ただ例えるなら本当は自分にはもう一本手があるのが本当で、それが何故か生まれた時から無いような、ただ不可解で、自然な欠落だった。

未だにその欠落の正体が何なのかは、結論が出ていない。不自由は感じないので、埋めようとも思っていない。埋める方法も分からないしな。だが一つだけはっきりしている。その欠落が、『異界』を求めている。

俺が『異界』に関する知識を得た時、『異界』の匂いを感じた時、その欠落が反応する。それを感じている俺自身でも、その衝動が何かは理解できていない。だから俺は、その衝動を含めた、全てを理解するための探求を始めた。だがそれには理由が必要だった。俺は一片の実体も理屈も無いものを信用しない。信用できないものを軸にして行動はできない。それは俺にとっては、行うに値しない無意味な行為だ。

あの母親の姿は──そのために設定した、実体のある軸であり、『象徴』だ。

彼女の狂気は、俺が全てに気付く切っ掛けになった、探求の謂わば始まりだ。例えば怪奇小説の登場人物が、あるとき手に入れた奇怪な偶像を切っ掛けに怪奇の調査に執心し始めるように、俺にとっての偶像が、まさに彼女だ。怪奇小説の探索者は、偶像そのものではなく、偶像を介してその向こうに存在する世界を見て、それを知ろうと心を囚われる。同じように俺は彼女を介して『異界』を見て、『異界』の探求を続けている。

自分の衝動などという形も理屈も無いあやふやなものではなく、俺が行動するために必要とした、形と理屈のある理由、それがあの母親だ。俺だけの理屈だ。理解してもらおうとは思わないし、その必要も無い。ただ──皆に協力を頼む以上、それを見せておくべきだと考えた。全ての発端、全ての理由、全ての始まりである俺にとっての『偶像』。俺がこれからお前たちを巻き込む全ては、あれから始まったんだ」

「…………」

沈黙が広がった。武巳の理解を、いや、おそらくはここに居る誰の理解をも越えてしまっている空目の話が、終わって沈黙となって後も、しかし消化し切れない異物のように各々の心の中に残留していた。

空目はそんな沈黙の後に、閉じていた目を開き、重ねて言った。

「理解は必要ない」

言われるまでもなく、空目の持っている〝理由〟を誰も理解できなかった。

今さらながらに強く感じる、この〝魔王〟と渾名される人物の、異質さ。そして理解できないながらも思う、今まで空目に対して感じていた虚無と力、それらの根源の片鱗に触れた事による、得体の知れない納得。

空目の紡いだ言葉に、全員が呑まれていた。

圧倒された。あるいは理解しようと必死になった脳が、負荷に喘いでいたのかも知れない。

しかし空目はそれらに構わず、皆の理解など待つ事なしに、話を先に進めるため、再び口を開いた。相手がどう思おうが無関係に、ただそれらを全て話す事が、絶対に必要な義務であるかのように。

「そういう訳で——あの母親が、俺が『異界』を探る理由だ」

そう、空目。

「だが、その為だけに、わざわざ病人を見世物にした訳では無い」

「え……」

「まあ、そうだろうね」

武巳が戸惑い、亜紀は頷いた。

「最初は私も近藤と同じく、素直に母親のためにやってるのかと思ったんだけどね。それならあの状況を見せておきたいのは人情だろうし、こういう言い方は何だけど、同情を得るための布石になるよね。てっきりそれかと思ったんだけど」

「……!?」

武巳や稜子が思わずぎょっとした顔になるような冷酷な解釈を口にして、それから亜紀は真顔で首を傾げる。

「でもそうじゃないなら、なぜ?」

「木戸野が言ったものとは、逆の目的だ」

「逆?」

「そうだ。あれは〝警句〟だ」

空目は皆を見て、一呼吸置いた後、こう続けた。

「今の彼女の姿は、『異界』を見るためにはああなる必要があるという〝警句〟だ」

「!」

「そして同時に『異界』に取り込まれるとああなってしまうという、二重の意味の〝警句〟でもある。彼女からは、いつしか異界の〝匂い〟は消えていた。しかし未だに心は壊れたまま、元には戻っていない」

空目は目を細める。

「ここが最後の降車駅だ。俺と、そして俺に付随している『異界』との関わりを断つ、これは最後のチャンスになる」

よく考えろ。空目の目は言っていた。

「ああなりたくなければ、今のうちに席を立ってくれ。ここから先は、俺のやる事に付き合うと、戻れなくなる公算は、低いとは言い難い」

「……」

沈黙が落ちる。稜子が下を向き、亜紀が眉を寄せる。村神がテーブルの上で、ぎり、と拳を握り締める。

武巳も悩む。不安が胸の中で、急速に濃くなって行く。

だが武巳の答えはとっくに決まっていた。いや、選択肢が最初から無いと言った方が、より正しかった。

武巳の中には——〝そうじさま〟が居るのだ。

このままでは、結局どちらでも同じ事だった。

もう、武巳はこのまま進むしか無い。

もう、武巳は逃げられない。

「…………」

沈黙は時間経過と共に重くなったが、誰も席を立つ事はしなかった。

皆、黙して座っている。やがて、亜紀が口を開く。

「もういいよ、恭の字。話、先に進めよう」

亜紀はその意志の強そうな眉を強く寄せて、空目を見返して言った。

「私はもう、とっくに覚悟は決まってる。あの〝犬神〟の時に、私はあのまま山の中で死にたいと思った。でも、結局こうして生きてる私は、代わりに知りたいと思ってる。私が死のうとまで思った事が何に繋がってるのか、私は是非知りたいね」

「……」

「このまま何も知らされずに放り出されるなら、私は恨むよ。大体、今からあの〝魔女〟に一矢報いようって話なんでしょ？　それに協力できないなら、私の恨みはどこに持っていけばいいのさ」

亜紀の言葉は低く、重々しく響く。

睨み合うようにして、亜紀と空目が見詰め合う。

「……うん……そうだよね」

そんな中、稜子がぽつりと、目を伏せたまま言った。

「わたしも……何だか判らないけど、もう手遅れな気がするし……」

皆がぎょっとなるような事を言って、稜子は顔を上げる。だがその表情は意外にさばさばとしていて、声も明るかった。

「ここで私たちが降りても、きっと十叶先輩は降りてくれないよ。先輩、私たちの事を『気に入ってる』って言ってたもん」

何かを吹っ切ったような様子で、皆を見回して言う。

「それなら、みんなで一緒に居た方がいいよ。みんなで一緒にやろうよ」

稜子はそう言って、武巳を見て頷く。

「お、おう……」

武巳は、頷き返すくらいしかできなかった。稜子の言う事には賛成だったが、何となく卑怯な保身の心が働いているようで、自分の心が疚しかった。

「……」

村神は、ただ黙っている。

だがもちろん、席を立つような事はしない。

皆が、そこに残っていた。

「………そうか」

やがて空目はそう言ってひとつ息を吐いた。そしてテーブルの上で指を組むと、改めて話を進めるため、その姿勢を正した。

「では――――まず最初に言っておこうと思う。俺は想二と『異界』を追っているが、どちらも人間にとっては有害なものだと確信している」

まず空目はそう言って、皆を見た。

「その認識には異存は無いね」

「うん」

その空目の言に亜紀が言い、武巳もそれに頷いた。だがその時、あやめが寂しそうに目を伏せるのが目に入り、武巳は慌てた。

「あ……」

すっかり忘れていたが、この儚げな少女も〝あちら〟側に属するモノだ。事あるごとに思い出すが、そのたびに忘れてしまう事実。それを思い出し、反射的に武巳はフォローしようと口を挟んだ。

「あ、あのさ……でも、あやめちゃんは……」

「同様だ」

最後まで言う前に、空目はあっさりと切って捨てた。

「え」

「同様に有害だ。有害である事を百も承知で、俺はあやめを使っている」

「！」

断言する空目。言葉を失う武巳。

「忘れた訳では無いだろう？　現に俺は最初の邂逅であやめに消されかかり、知っているだけでも〝黒服〟の一人は確実に消されている。それでも俺は自分の目的と実験のために、あやめを〝こちら〟側に留め置いている。それは、もしも最悪の事態になった場合に、それを最小限に留めるための管理の意味もある」

武巳は思わず、あやめを見る。

あやめは武巳を見て、寂しげに微笑んで、頷いた。

「あ……」

「俺の母親を見て貰った通り、『異界』に耽溺する人間は発狂の危険と隣り合わせだ」

例外は無いと、それは非情かつ瑣末な事実に過ぎないと、動揺する武巳に言い聞かせるかのように、あやめは沈黙し、空目は語る。

「俺は子供の頃から、あの『異界』を見ていた母親が、語った事を、やった事を、ずっと見て来た。良い思い出では、決して無い。少なくともこの記憶が、俺が『異界』が現れて来る事を有害だと思う根拠になっている。『異界』は、人をああする。本人が幸せだったとしても、過去の、今のあの母親を見て、望んで同じようになりたいと思う者は居ない筈だ。だが『異界』とはそういうものだ。そしておそらく〝魔女〟が行おうとしている事は、それら有害なものを片端から〝こちら〟に呼び寄せようとしている行為だ。早い段階から判ってはいた。だが目的が不明で、俺がそれに興味を持ったのが間違いだった。あの〝そうじさま〟が先輩の画策したものだと判った時も、俺はそれを静観し、自分の目的のために利用する事さえ考えた。今から考えれば、実に甘い考えだったとしか言いようが無い。

あの先輩がやろうとしている事が、これほど大掛かりで無差別なものとは思わなかった。そんな事ができる筈が無いとも考えていた。怪異と狂気が似ているように、俺の知っていた限りでは、『異界』はあくまでも個人のものとして収束する。これだけ都市伝説が広まっても実在のものではないように、集団に共有させ無差別に〝感染〟させる事はできないだろうというのが俺の仮説だった。

だが――――違った。それを成し得る人間が居た。そしてこの学校には、それをするための下地があった。その下地を利用して、あの〝魔女〟は学校を『異界』に変えようとしている。本当に可能なのか、どのように可能にするのかは、今は判らない。だが少なくとも彼女はやろうとしている。それは確実に人間にとって有害となるだろう。彼女は人間の〝本当の望み〟とやらを叶えようとしているらしい。だが望み通り想二を見ているあの母親が、本当に幸福な状態に見えるか？」

「……」

　武巳はぶるぶると首を横に振るしかなかった。

「私もごめんだね。少なくとも」

　亜紀も言う。

「見えないものが見えるとかいうのは、百歩譲って別にいいや。でも見えるべきものが見えなくなるのは、私は嫌だね」

「そうだな。あの世界は、今の社会に生きる人間にとって、相容れないものだ」

　亜紀らしい自我の反映した答えに、空目は重々しく頷く。

「だからこそ〝魔女〟の目的は、阻止する必要があると、俺は考える」

　そして皆を、改めて見回す。

「だが俺達は、今のところ〝魔女〟に対して完全に遅れを取っている。それでも一つだけ幸いな事に、〝魔女〟の計画には〝そうじさま〟が重要な部品として組み込まれているようだ。

　その一点に関してのみ、俺にも今までの調査の積み重ねがある。かつて俺と想二が遭遇したこの街の〝神隠し伝承〟について、俺はずっと調査と考察を続けて来た。そのアドバンテージをさらに進めて、〝そうじさま〟の方面から〝魔女〟の計画を切り崩す事を考えている。あとは密かに学校に広がっているというオカルトの調査。進行中の怪談類に決定的なものがあれば、

「そこから〝魔女〟の動向が判るだろう」

皆は空目の言葉に頷いた。

「その二方向から、まずは始める」

それは『異界』に対する、そして〝魔女〟に対する、武巳達からの初めての、反撃の意思を告げる狼煙だった。

魔王による、〝魔女狩り〟の宣言は為された。

空目と村神は街に。

亜紀は図書館に。

武巳と稜子は寮に。

それぞれ、調べるべき目的が振り分けられて――――こうして〝魔女〟に対抗する為の情報収集が、ここに始められた。

静かに、〝魔女狩り〟は始まった。

3

武巳達は空目の母親の実家を辞し、一度市街に戻ると、空目によって指示されたそれぞれの仕事を果たすため、各々の場所に散って行った。

空目と村神は空目の家へ。

亜紀は学校に行き図書館へ。

そして同じく亜紀と共に学校に戻った武巳と稜子は、寮へと帰った。と言っても待機という訳では無く、寮で情報収集を行うためだ。

『────いいか、それぞれにやって欲しい事を、今から振り分ける』

母親の実家を出る前、空目は皆に言った。

『村神は俺と一緒に、一度俺の家に来て欲しい』

『ああ』

村神が頷いた。

『俺が今まで羽間の〝神隠し〟について調べた、その文献をもう一度当たりたい。書庫を総ざらいする事になる。その手伝いをして欲しい』

村神が黙ってもう一度頷く。空目は亜紀に向き直る。

『木戸野には、学校の図書館に行って貰いたい。羽間市の伝承について、調べられるだけ』

『ん。分かった』

亜紀が頷く。

『他にも気になる事がある。それは追々指示すると思う』

『……ん』

頷き、空目はそして、武巳と稜子を見る。

『近藤と日下部は――――うちの学校の〝怪談〟の調査だ』

『あ……うん』

二人で姿勢を正す。

『あの〝黒服〟ならすぐにでも調べられるのだろうが、今は〝黒服〟とは距離を置きたい以上自分達で調べるしか無い。そうなると、この中では生徒間の聞き込みに適しているのは近藤と日下部だ。これで〝魔女〟の動向を、上手くすれば調べられるだろう』

『あ、ああ』

他の二人に倣って頷く武巳。

『だが――――気を付けろ。状況的に、お前達が最も危険な役目だと想定される』

しかしそんな武巳に、空目は言い添えた。

『えっ』

『敵が人と人の間の情報に潜む存在である以上、最前線はそこだ。いつ仕込まれた〝本物〟に行き当たって、〝感染〟するか判らない』

『……!』

『少しでも危険だと思ったら、すぐに俺に連絡して、その調査から手を引け。その辺りの匙加減は、今までの経験を参考にしろ。異界の〝物語〟を聞き込む事に適材適所を適用すると、必然的に〝感染〟の適所になる。くれぐれも無茶はするな。俺の目の届く場所から、外れないようにしてくれ』

『あ、ああ……分かった。そうするよ……』

そうして武巳は、稜子と共に、寮へと戻って来ていた。

駅から出ているスクールバスに乗って、まず学校へ。そこで一緒に乗って来た亜紀と別れ、二人は石畳の歩道を寮へと向かって歩いていた。

林に挟まれた道に、二人の足音。

会話は無い。稜子と並んで歩きながら、武巳は自然と無言になっていた。

稜子は何か話したげに武巳をちらちら見ていたが、武巳は無視した。無視したというより対応できなかった。今までの事、これからの事、あまりに不明な事が多過ぎて、武巳は必死に考え事をしていたからだ。

何があったのか、これからどうすればいいのか、武巳は混乱していた。

まず、隣にいる稜子の状態が判らなかった。一昨日に起こった〝合わせ鏡〟の夜。あの時〝魔女〟は稜子を標的にし、その鏡像から一人の女の子を引き出して、それを武巳の目の前で連れ去ったのだ。

それが何なのか武巳には判らない。

まるで稜子の中から、その一部を奪い去ったかのように見えた。

あの時の稜子の異様に怯えた、引き攣った顔を、武巳ははっきりと憶えている。

そうされた稜子にどんな影響があったのか、異常が、あるいは被害があったのか、全く判らない。何も無いとは思えない。だが稜子はあれから普段通りの振る舞いをしていて、あの夜の事を聞かれても、『何が何だか判らない』と答えるばかりで、何も無く、結局あれが何だったのか武巳には判らず仕舞いだった。

武巳だけで無く、誰も、それ以上の追及はできなかった。

稜子には、かつて〝黒服〟によって封じられた記憶が藪蛇として潜んでいて、何が起こるか判らないので、それ以上詳しく追及する事を誰もが避けた。

稜子が〝魔女〟に何をされたのかは、判らないものとして棚上げになった。

それでも――――そんな中で、武巳は気付いていた。

あの時を境に稜子の様子は、何となく、本当に何となく、変わっていた。

どんな変化かと言われても武巳には説明できない。だが、稜子の中で何かがあったのは間違い無いのではないかと、そう感じていた。

勘だ。何となくだ。自信も無い。

何なのかも武巳には判らないし、言語化もできない。だが自分でも信用していない自分の感覚とは言え、実際にそう感じてしまっているのだから、無い事にはできなかった。気になってしまう。かと言って直接訊ねる訳にもいかない。武巳はどう稜子に接していいのか、判らなくなっていた。これからどうすればいいのかも判らなかった。

武巳は困っていた。

稜子の事だけでは無い、空目に頼まれて今からやろうとしている、学校の〝怪談〟を調べる事についてもだ。

臨時休校中の学校は動くのには都合が良かったが、生徒の多くが臨時に帰省してしまったため、肝心の聞き込む相手があまり学校に居なかったのだ。武巳の数少ない友人も殆ど帰省してしまっている。同室の沖本も、帰省して今はここには居なかった。

沖本は友達が多い。頼りになったかも知れない。

だがそれは最初から夢物語だ。今回ばかりは帰省していなかったとしても、こんな話を持ちかける事はできなかった筈だった。

恋人である、大木奈々美の——失踪と、死。

沖本はその渦中にあった。それを伝えられた日、沖本は部屋で一日中泣いていた。

その日、武巳は居た堪れなくて、自分の部屋に近寄れなかった。そしてそのまま一言の会話も交わさずに、昨日沖本は帰省した。武巳は言葉を交わせなかった事を少し後悔したが、その機会があったとしても何も言えなかった事は間違い無いので、これで良かったのだとも、少しだけ思っていた。

今、武巳は文芸部の皆を除いて、学校にほぼ友人が居ない状態だった。

怪談を収集するには人海戦術が有効だと空目が言っていたが、今の武巳には、それができない。多分、寮に残っている男子生徒を、一人ずつ訪ねて、訊いて回る事になるだろう。しかしそのような方法で、空目が望んでいるだけの成果が、果たして上げられるだろうか？

他に有効な方法はあるだろうか？

武巳は必死で考えたが、他の悩みに引き摺られて、思考が纏まらなかった。

いつものように、いつも以上に、武巳の思考はひたすら空転していた。必死になればなるほど思考が漠然として来て、何も考えないのと同じになっていた。

「――――ね…………武巳クン？　ねえ……」

「……へ？」

腕を突かれる感覚があって、はっ、と武巳は我に返った。

現実に引き戻された。隣を見ると、稜子がすぐ近くで武巳の袖を摘んで、じっ、と武巳を見上げていた。

「え……何？　え？」

その突然の視線に、武巳は動揺する。

慌てて何かと訊ねたのだが、その問い返しに、稜子は逆に、困ったような表情をした。

そして言う。

「何って……武巳クンが、ぼーっとしてるから……」

「え……」

「呼んでも全然気が付いてくれないし」

「あ……そうなんだ。悪りぃ」

武巳は謝ったが、その稜子の言葉は少しばかり心外だった。考え事をしていたのだ。それも当の稜子の事を、必死に。だが稜子には、ぼーっとしているように見えたらしい。本気で悩んでいただけに、武巳はその評価に少しだけ傷付いた。

そう言われても仕方が無いくらい、思考が停止していた自分への失望も含めて。

そんな武巳に、稜子が訊ねる。

「どしたの？　何かあった？」

「いや……何も……」

「気分、悪かったりする？」

本気で心配そうな稜子の言葉に、半分困惑しながら、武巳は答える。

「いや……別に……考え事してただけ……」

「考え事？」

「ほら……俺達で〝怪談〟を調べるだろ？」

「うん」

不思議そうな表情ながら、稜子は頷く。

「どうやったらいいかな、って思ってさ……」

嘘では無い。誤魔化すために咄嗟に出た言葉だったが、武巳は間違い無く、それについても悩んでいた。

「そっか。そうだね」

稜子はやっと心配の表情を解いて、頷いた。

「せっかく魔王様から任された仕事だもんね。頑張らなきゃ」

「ああ……だろ？」

初めてに近い出来事。そもそも空目は、人に頼み事をする事が少ない人間だ。

特に武巳に何かを頼んだ事は、少ない。さらに空目が最初から自身の意志で、全権委任の形で武巳に役割を与える事は初めての事だった。しかもこのように、最初からある程度の危険が見込まれている役割を任せる事は。

空目が信頼して任せてくれるというだけで、大袈裟に言えば心躍る。

初めての大仕事だ。だがそれだけに、どうすればいいか武巳は悩んだ。いざ任されると、信頼に応えるだけの事ができるのか、正直に言えば武巳は不安だった。そして空目に隠している数々の事実が、心痛かった。

「どうすればいいかな……」

武巳は思わず、必要以上に深刻に呟く。

だが武巳のその呟きに、稜子は笑顔を浮かべた。何の問題も無いと言わんばかりの明るい笑み。

「大丈夫。多分、何とかなるよ」

「……へ？」

「うん、大丈夫。すぐに集められると思うよ」

あっさりとそう言ってのけた稜子に、武巳は思わず間抜けな声を返した。

「へ？　でも……」

「そーゆうのは女の子の方が得意だもん。女の子って怪談とか噂とか好きな子が多いから」

自信ありげに指を立てて言う稜子。

「あ。でも亜紀ちゃんは噂とか、嫌いみたいだけど……」

「……あー」

それを聞いて五月蠅そうに顔を顰める亜紀の表情がありありと思い浮かんだが、そんな事はこの際どうでもいい。

「いや、でもさ……」

「『こういう時には人海戦術が有効だ』って魔王様言ってたよね」

空目の口真似(くちまね)をして、稜子は言った。

「……似てない」

「あはは……って、違うの。そんな事じゃなくて、わたしならできるかも知れない、って言いたいの。この〝怪談〟を調べる仕事」

稜子は武巳を見詰めたまま、そう言い切る。

「……本当に？」

「うん。多分」

「多分、って……」

「多分、大丈夫」

稜子は胸を張って、もう一度「大丈夫」と言った。

「うん、きっと大丈夫だよ。明日の昼までに、結構集まると思うから」

「ほんとかよ……」

疑わしげな武巳に、稜子は言った。

武巳は、自分でやるなら何日かかるか分からないと思っていた。それを明日の、昼までにできると。

「うん。大丈夫だって。女の子の情報網、見せてあげるね」

そう言うと稜子は、たたっ、と一人で先へ進んだ。

そして、くるりと武巳を振り返ると、悪戯っぽく笑みを浮かべた。

二章　山の中に

1

一日が過ぎた。

空目による〝魔女狩り〟の宣言から一夜が明けたこの朝、木戸野亜紀は昨日に引き続き、学校図書館へとやって来た。

今日も亜紀は、一人で作業に取り掛かる。

昨日からの調べものを続行している。高校は臨時休校だが、図書館はそもそも大学の図書館が主な用途であるため、関係なく開いていて、亜紀の他にも多くの利用者が居て、変わらずの盛況さを見せていた。

他にも食堂等、いくつかの施設は開放されている。

それは聖創学院大の学生のためであり、また臨時休校でも帰省しない生徒達の生活の支えにもなっている。

多くの大学生と少数の高校生によって、図書館内は粛々としかし図書館なりの活気に満ちていた。亜紀はそんな図書館の片隅にあるブースで、パソコン端末の前に座り、読書用の眼鏡を掛けて、端末を操作しながらじっと画面を睨んでいた。

亜紀は難しい表情で、眼鏡の奥の目を細めている。

眼鏡のレンズに、目の前の画面がぼんやりと映り込んでいる。

黙々と、亜紀は画面の文字を追っていた。亜紀が調べているものは、この図書館のパソコンで閲覧できるようになっている、新聞の縮刷版のデータだった。

亜紀は昨日からずっと、この作業に没頭していた。それは最初に皆で打ち合わせた時に決められた、『羽間市の伝承』について調べるのとは、まるで違う仕事だったが、これは昨日のうちに空目から指示されたものだった。


『――――他にも気になる事がある。それは追々指示すると思う』


皆に仕事を振り分ける時、空目はそう言っていた。

その時は重要なものだと思わず、いつか後で指示が来るのだろうと軽く考えて頷いたが、空目から指示が来たのは直後の事で、しかも伝承の調査よりも優先して行うようにとの指示があって亜紀は驚いた。

しかし内容を見て、納得する。

というよりも伝承の調査は皆の前でのカモフラージュのようなもので、亜紀に振り分けられた仕事は、こちらが主目的だったのだと理解した。

早速取り掛かり、流石にすぐとはいかなかったが、目的のものは何とか昨日のうちに見付ける事ができた。亜紀は空目へ連絡し、その内容について詳しく話し合うため、今日ここで待ち合わせる事になった。

話し合うだけならわざわざ会う必要は無いのだが、いま亜紀達は、電話その他の連絡手段を使って一部の話をする事を避けていた。

亜紀達は、実在した都市伝説、〝黒服の男達〟から監視されている。

ならば、通信は筒抜けと思って間違い無い。この期に及んで通信の秘密が守られているなどと信じるほど、亜紀達は無邪気では無い。

そうして亜紀は今、空目を待ちながら、何か追加の情報が無いかと、念のため引き続き端末を睨んでいる。

図書館の白い静かな部屋に、マウスを動かす音が、小さく響いている。

淡々とした時間が過ぎる。この種の時間は、亜紀にとって好ましい時間だ。集中し、何にも煩わされていない時間。亜紀はそんな時間にしばし没入していたが、やがてその背中に、声をかける者があった。

「――済まんな。待たせた」

その抑揚に乏しい声に、亜紀は眼鏡を外して、そちらを振り向いた。

「ん。問題ないよ」

亜紀はそう言うと、椅子に座ったまま、背後に立った空目を見上げる。空目の隣には、村神の長身がむっつりと黙って立っている。空目は亜紀がたった今まで睨んでいた画面にちらと目をやって、それから亜紀に目を戻し、問いかける。

「どうだ？」

「ん……あれからもちょっと調べてみたけど、最初に見付けたやつ以上の詳しい記事は見当たらなかったね」

亜紀は答えた。

「でも昨日も言ったけどさ」

そして説明がてら、視線で画面の方を指し示し、一度言い淀む。

「やっぱり稜子のお姉さんは、十年だか前に死んでると思うよ……」

亜紀がそう言うと、空目は「そうか」とだけ短く答えた。対して俊也はあからさまに苦い表情をして、口の端をきつく歪めた。

■正面衝突で家族三人死亡

四日午後八時ごろ、＊＊市＊＊の国道＊号線を走行していた会社員日下部隆さん（38）の運転する乗用車に、対向車線から中央分離帯を越えて侵入してきた大型トラックが衝突。同乗していた妻光江さん（32）、長女聡子ちゃん（6）が頭などを強く打って死亡。隆さんと、次女稜子ちゃん（4）も病院に運ばれたが、隆さんは間もなく死亡した。＊＊署はトラックを運転していたトラック運転手益田利一容疑者を業務上過失致死の現行犯で逮捕、酒気帯び運転の疑いもあるとして事故原因を調べている。

その記事は、ある新聞の地方版に小さく記載されていた。

昨日の空目の指示はこうだった。

『日下部の姉について調べておいた方がいい』

その言葉に従い、亜紀が稜子の出身地の新聞を調べた結果、運良くそのうちの一つから、その小さな記事は見付かった。

「――多分、間違い無いな」

パソコンの画面を覗き込み、記事を見た空目は無表情に言った。

「よく見付けたな。済まん」

「別に。……っていうか、地方版なんて多くなかったからね。記事よりそっちを探す方が苦労したかも。どっちにしても大した事じゃ無いよ」

亜紀は内心の照れを気取られないよう、澄ました顔で言い捨てる。

実際、稜子の出身地の事故について掲載した、しかも十三年前の新聞となると、ある程度数が限られた。だからこそ逆に、探す新聞にある程度の目星を付けてしまえば、該当記事を探す事は、資料検索に慣れた亜紀にとっては比較的簡単な作業だった。

稜子の姉に関する――――死亡記事。

探して見付けたのはそれだ。だが、まさか稜子を除いた一家全員が死んでいるとは、亜紀も思っていなかった。最初に探したのは地方紙の『お悔やみ』の欄だ。亜紀はそこにあった葬儀の記事から一家の死を知り、それを手掛かりに新聞を遡って、その事故に関する記事を見付け出したのだ。

「……『喪主は隆さんの兄、洋司さん』」

空目が記事の一部を、呟く。

「それ稜子のお父さんの名前だよ」

応えて亜紀は言った。〝洋司〟というのが稜子の父親の名前だと、少なくとも亜紀は、稜子からそう聞いていた。

「整合するな」

「そだね。叔父さんの家に引き取られたんだろうね、多分」

三人で画面を覗き込みながら、しばし亜紀達は暗鬱に沈黙する。こうして見付けた事実を、それぞれが自分なりに噛み砕く。

村神が、ぼそりと言った。

「〝聡子お姉ちゃん〟か。〝魔女〟の言った事が証明されたな」

低い呟きには、若干覇気が無い。

「そうだな」

頷く空目。

「想像するしか無いが、日下部は事故のショックで記憶が無いのだろうな。そのため叔父夫婦を実の両親だと、従姉を実姉だと思っている」

「…………」

淡々とした空目の言葉に、村神は何も答えない。

流石にそれなりのショックを受けている様子の村神に対し、空目は平静だった。空目の異常な平静さはいつもの事だが、今まで落ち込みとは無縁だった村神が見せた、沈鬱な表情と相まって、普段以上に際立った印象を見ている亜紀に与えていた。

大木奈々美の死で、村神は可哀想なほど落ち込んでいた。その村神の見せた繊細さは亜紀にとって意外だったが、確かにあの無惨な現場の発生を間近で見たのだから、終わった後で現場に辿り着いた亜紀には想像も付かない衝撃がそこにはあったのだろう。

鬱々とした様子の村神に気付いているのかいないのか、空目は普段通り接している。それに鈍い反応を返す村神の様子は、ある種痛々しくもある。

「日下部の実姉、聡子は十三年前に死んでいる」

空目は、淡々と言った。

「だが、日下部本人も覚えていないその事実を〝魔女〟はどういう訳だか知っていて、村神の目の前で、〝聡子〟を日下部の中から引き出そうとした」

「……………ああ、そうだ」

呻くように答える村神。

「〝魔女〟がどういうつもりなのかは判らないが、今まで以上に日下部には気を付けた方がいいだろうな」

空目は言う。

「二重三重に上書きされている日下部の記憶が、現在どのようになっているのか正直予想が付かない。現状では危険過ぎて手が出せんな。警戒はしておくとして、こちらは当初の計画通り〝神隠し伝承〟の方面を埋めて行く事にしよう」

「そだね」

亜紀は頷き、椅子の背もたれに寄りかかる。

「……で、そっちの方の資料は？」

「ああ」

そうして亜紀が促すと、空目も頷いて返した。

「ここにある」

そして空目は、村神に持たせていた一冊のファイルを、目線で示して見せた。

＊

一ノ郷（いちのごう）（現在の羽間市の北東部）に住んでいた夫婦の、七つになる娘が夜になっても帰ってこなかった。

夫婦は狂ったようになって村中を探したが、村のものは誰も娘の行方を知らなかった。

その夜、夫婦は夢を見た。自分の娘が立派な服を着た見知らぬ男に手を引かれ、山に入ってゆく夢だ。そこでお宮の宮司様にお伺いを立てると、宮司様は「それは山の神様に取られてしまったのだろう」と仰（おっしゃ）られた。

夫婦は泣く泣く娘をあきらめた。

娘は十五年ほどの後、羽間山に迷い入った猟師によって、いなくなった時そのままの姿で一度だけ見かけられたという。

——『羽間の昔話』

＊

山むこうの村から嫁にきた女房が、赤ん坊を連れて実家の親をたずねることになった。女房は早く実家に行ってもどろうと思い、羽間の山をこえて行くことにした。村のものはみなやめるよう言ったが、負けん気のつよい女房はきかなかった。女房は赤ん坊をしょって山に入り、山をこえた。

山では何もあやしいことはなかった。女房は「ほらみろ。おくびょうもんめ」と笑い、乳をのませようと赤ん坊を背からおろした。

とたんに女房は泣きさけんだ。

おとなしいと思っていた赤ん坊は、頭がもがれていた。

※注補

羽間山には山の神がいるといわれていた。山に入るとたたりにあうとも、神隠しにあうともいわれ、羽間山は「入らずの山」と呼ばれて入るものは少なかった。

――『羽間市の民話・伝承』

＊

羽間は昔から神隠しの多い土地であった。羽間の老人から聞く話には、必ず神隠しの物語が入っていた。山神様に取られるという羽間村の神隠しは近隣にも有名だったようだ。羽間村に向かう者は羽間山を避け、わざわざ迂回したという話を少なからず聞いた。

――『論集・房総民俗研究』

＊

羽間村の某が家の養ひ児、入らずの山に入りて帰らず。
神隠しに遭ひたりと聞く。
右、元屋の隠居たずねし折に伝へ聞きし事、ここに記すもの也。

――『羽間民俗資料集成』

＊

白い図書閲覧室の机に、それらの資料が広げられた。

それは羽間市の民話伝承を中心に、研究書籍などから〝神隠し伝承〟について抜粋した、十数枚のコピーだった。

それらは亜紀が思っていたほどの量では無かったが、殆どが別々の本から抜粋されたと思われる広範な資料だった。相当古い本もあるのだろう、古い版型をした、旧字体で書かれたものも混じっている。

様々な資料から抜粋された、十数例。

その全てが、羽間の神隠しについて論じている。

目立つのは、その多くが、神隠しと同時に〝山の神〟についても記述している事だ。書かれている事はどれも例外なくほぼ同じ内容で、まとめるとこういう事だった。

――羽間山には神様が住んでいて、よく神隠しを起こした。

だから人は畏れて、羽間山には入らなかった。

抜き出されて並べられた話は、羽間市の出身では無い亜紀には、どれも初耳の話だ。だが羽間山がどこかくらいは、亜紀でも知っている。だから出された資料を全て読み終えた後、亜紀は思わず呟くように、こう言ったのだった。

「……この学校って、わざわざそんな妙な場所に建てたわけ？」

「そうだな」

その亜紀の言葉に、対する空目は、平然と答えた。

閲覧用の机を囲んで座る三人は、それぞれの表情で、この資料を前にしていた。

聖創学院大学、そして亜紀達の通う附属高校は、まさに資料にある羽間山に建っていた。訝しげな亜紀、無表情な空目、眉を顰める俊也——それぞれが資料の示す事実に関して、表情そのままの感想を、それぞれ胸中に抱いていた。

「馬鹿じゃないの……？」

思わず亜紀は、呟いた。

しかし口にした後、それを亜紀は思い直した。

今の、このような状況を知っているからこそ、そう思うのだ。確かに普段の自分なら、そんな昔話など鼻で笑って無視するだろう。

たとえ内心気味が悪いと思っていても、きっと無視する。学校の建設という公的で大掛かりな仕事となれば、怪談だか昔話だか、そんなものを恐れて中止にすれば間違い無く物笑いの種になる。

冷静な人間ほど、そうするはずだ。

過剰に迷信を恐れる事こそ、一般的には馬鹿のする事だからだ。

「いや……でもさ……」

だから、亜紀は言った。

「……でも……それにしたって……」

しかし結局、亜紀はその感覚の乖離を言葉にできなかった。理性は、迷信を恐れる事を間違い無く愚行だと告げているのだ。しかし気味が悪いという本能的な感覚が、そこに学校を建てるという行為を、確実に忌避していたのだ。

「んー……」

「確かにこの学校が建っている場所は、間違い無くかつての〝神隠し伝承〟の中心地だ」

空目は椅子の上で脚を組み、外の山林が見える窓へと顎をしゃくって見せた。

「だが実は、こういったケースは珍しく無いという説もある」

「はぁ……？」

不可解な表情をする亜紀に、空目は説明した。

「戦前戦後を中心に学校は急速に増えたが、日本という国は狭い国だ。そのため、こういった大きな施設の全てを便利の良い場所に、しかも安価に造るのは困難だった。

だから学校という施設は辺鄙(へんぴ)な場所か、さもなくばいわくつきの場所に建てられる場合が少なくなかったという話があるんだ。この学校は実は墓地のあった場所に建てられていて……という始まりの怪談が多いのは、それが理由なのだと」

「ははあ……」

言われてみれば「この学校は元々○○があった場所に建っていて……」と始める怪談は、お決まりのイメージがある。

実にありがちな、いわく話だ。

そしてその理由も、充分に納得できる。

日本が狭い国だというのはいかにもそれらしいし、感情を無視した土地の選定もお役所がいかにもやりそうな事だと亜紀も思った。腑に落ちる。だがそれでも、しばし考えたあと亜紀は口を開き、言ったのだった。

「……でも、眉唾でしょ？」

それは殆ど信じかけている感情の隙間をこじ開けて、ようやくといった感じで口にした疑義だったが、空目はひどくあっさりとそれを肯定した。

「その通りだ。都市伝説の類だな」

「だよね」

はーっ、と亜紀は息を吐く。感情が飛び付く情報や状況。それは楽で納得して安心するのですぐに心はそうしようとするが、本当は隙だらけで危険でみっともない事なのだと、亜紀は自分の経験から学習していた。

「それなら……」

「それでも、殆どが都市伝説だったとしても、中には事実の場合がある」

この学校の事も、と続けようとした亜紀だったが、それを遮って、空目は言った。

「その来歴が墓地であった学校も中にはあるだろうし、例えばこの学校が〝神隠し伝承〟の地に建っているのも、そこで〝怪異〟が起こっているのも紛れも無い事実だ」

「…………そだね」

その空目の言葉に、亜紀は頷くしか無かった。

神隠しの山に建てられた学校。

そこに現れた神隠しにまつわる怪異。

それらは眉唾では無く、歴然とした事実だ。何より亜紀が最も否定したい肝心の怪異については、その亜紀がこの目で見て、確かに確認している、否定のしようも無い事実なのだ。不本意ながら。

「……さて、これら事実を踏まえた上で、俺達は十叶先輩が一体何をしようとしているのかを探り出さなくてはならんわけだ」

そんな亜紀のちょっとした苦悩をよそに、空目は話を先に進めた。

「〝魔女〟が〝神隠し〟をどのようにするつもりでいるのか、それを知る事が阻止への第一歩になるだろうか」

「ん……」

空目は腕組みする。対する亜紀は慌てて自分の思考を、下らない葛藤から修正した。

亜紀は自分の中の感情的な矛盾に、少しばかり動揺していた。しかし、今はそんな事は本筋に関係が無い。数秒の後、亜紀は早々に思考を纏めて口を開いた。

「そもそも、〝神隠し〟ってのは何なんだろうね？」

亜紀は訊ねる。

神隠しというものが何か判らない以上、それをどのようにできるかも判らない道理だ。定義できるなら、しておいた方がいい。

「そうだな……」

空目は、しばし目を閉じた。

そして、

「……原因不明の行方不明事件が『物語』となり、それを媒介にして『異界』が顕現した形、といったところか？」

そう言った。しかし一度言った直後に、注釈を付けた。

「ただ一概には言えんな。同じ神隠しの名が付いている『物語』でも、その起源や解釈で個体差が大き過ぎる。伝わるにつれて変化して行く割合も大きい。さらに手を加えようとしている意思が介在しているとなると――ただ『異界のもの』とでも呼んだ方が、まだ事実には正確だろう」

「そうだね……」

確かに〝あやめ〟と、そして〝そうじさま〟。同じ羽間山を起源にする神隠しでもその形はまるで違うものになっているし、そもそもあの〝あやめ〟ですらも、いま机に並べられている古い資料に書かれている伝承の存在と同じものだとは、まるで思えないのだ。

「そう言われて、こうして見てると、羽間の神隠しってのはバリエーションが多いね」

亜紀は資料を眺めながら、呟く。

これら資料にある話だけでも、同じ地域について語られる中に、様々なパターンの神隠しが存在している。

バリエーションに富む。別の言い方をすれば節操が無い。

よほど恐れられていた山なのか、中には怪談まがいのものまである。

「いい所に目を付けたな」

亜紀の言葉に、空目は一つ頷くと、椅子から身を乗り出して、机の上の資料群に手を触れて言った。

「木戸野の言う通り、羽間の神隠し伝承は種類が多い。他ではあまり見られない種類のものから、昔話から引き写したような類型的なものまで、様々だ。これは私見になるが、〝羽間の神隠し〟という言葉だけが有名なものとして先行し、それを元に話が増えていったのではないかと思っている」

「ありそうだね」

「なのでこれらをざっと見て、地名や人名などの記述があって、比較的事実に近いと思われる事象を拾って、実際にあったのではないかと思われる事象をまとめると、〝羽間の神隠し〟における古い事実は四つほどになる。

一つは、行方不明の子供がいる事。

次に、子供は羽間山に消えたと信じられていた事。

三つ目は、山には〝隠し神〟がいると信じられていた事。

四つ目は、誰かが神隠しに遭った時、神隠しに関する伺いは〝宮司様〟と呼ばれる人物に立てていた事」

説明しながら、空目は一つ一つ事例に対応する資料を指差して行く。

「宮司様、ねえ……」

「そうだ。それが何者かは、今のところ不明だ」

「宮司と言えば神社じゃないの？ この辺の神社とかは？」

亜紀は顔を上げ、羽間市生まれの二人に訊ねる。空目と村神は一瞬顔を見合わせる。そして空目が軽く肩を竦めた。

「あるにはあるんだが……」

空目が言い、その後を村神が引き取った。

「……話を聞くにしても、あんまり当てにはなんねえぞ。多分」

そう言う村神は何となく困ったように眉を寄せている。しかし空目は何か考え深そうに、目を細めて言う。

「以前に調べた事があるんだが、元羽間村の地域に存在する神社は一つだけ。しかも来歴が浅くて昭和に入ってからだ」

「そうなんだ？」

「ああ、それ以前に神社が存在した形跡も無い。だから俺は『宮司様』というのは羽間固有の祈禱師の類だと思っていた。有名なものでは岩手の『オカミサマ』、四国のいざなぎ流の神職である『太夫』など、土地に固有の祈禱師が存在している事も少なくない。だから神社は初めから、半ば以上調査対象から外していたんだが」

「へえ……」

土地の事情は知らない亜紀は、ただ頷くだけだ。

「だが——一度くらいは当たってみるのもいいかも知れんな」

「おい」

空目が言うと、途端に村神が渋面になった。

「本気か？」

「駄目で元々だ。もしかしたら過去の土着信仰について、なにがしかの記録くらいはあるかも知れんぞ」

それらの口振りから、亜紀はぴんときた。

「あ、まさか……」

「ああ、そうだ」

口を歪めて、村神が亜紀に答えた。

「俺の家だ。この辺りの、唯一の神社ってのは……」

2

約束の時間。

少女は時間ぴったりに、学校の食堂へ現れた。

「あ。あの子かな？」

がらがらに空いた食堂を歩くその少女に、稜子が試みに片手を上げると、案の定少女は反応して、稜子と武巳の座る席へとやって来た。

私服を着たその一年生の少女は、背こそそれほど高くないものの、すらりと痩せた体が印象的だった。真っ直ぐな質の髪をポニーテールにまとめていて、それが少女の持つ俊敏そうなイメージを強化していた。

少女は稜子達の前に立つと、その目元に一瞬だけ躊躇いのような色を浮かべて、動きを止める。そしてそれから、固く引き結ばれた意志の強そうな口元を開いて、意を決した様子で稜子へと訊ねた。

「……あなたが、日下部先輩ですか？」

「うん、そうだよ」

少女の問いに、稜子はにこりと笑って答えた。

「あなたが、夏樹遙さんね？」

「はい」

頷く少女。

「ごめんね。来てくれてありがと。私達の事は、昨日話したよね？」

「はい」

「うん、じゃあ、聞かせてくれる？」

稜子は対面の椅子を勧めながら、そう言って促す。

「あなたのお友達と――――例の〝怪談〟の事」

「…………はい」

稜子の言葉に、少女はもういちど頷いた。そしてその場の椅子を引き出して座り、引き締めた表情を、稜子達に向けた。

＊

彼女の存在が浮かび上がってきたのは、昨日始めた稜子の調査からだった。

『――――女の子の情報網、見せてあげるね』

昨日そう言って武巳と別れ、寮の自室に戻った稜子は、携帯を握り締めて片っ端から友達にメッセージを送った。

稜子の使命は、『学校の怪談』について調べる事だ。

そしてこれが、稜子という人間の最も得意とする調べ物のやり方だった。

羽間に居る人はもちろん、帰省している人にも、稜子は片っ端からメッセージを送る。返信が来て、それに返信する。ほとんどのトークが、関係ない話に脱線した。稜子はそれに快く応じて、雑談に興じる。

稜子がいつもやっている、友達とのメッセージでの雑談。

いつもより並行する数が多めだが、何ら特別では無い普段の暇潰し。

だが目的を忘れている訳では無い。その何ら特別ではない行為がもたらす結果には、稜子は自信を持っていた。

『ちょっといいかな？　学校の怪談について調べてるんだけど、何か知らない？』

『ほんと？　教えて教えて』

『じゃあ、そういうのに詳しそうな人、誰か知らない？』

『ありがとー！　感謝感謝』

稜子はそうやって夜遅くまでメッセージを送り、返し、返し、返す。関係なくなっても雑談は止めず、その中に自分の調査の指先を混ぜ続ける。みるみる情報が集まり、さらに会話相手が派生して行く。作業量は増え、しかし作業に見合うだけの情報が、みるみる稜子のメモ帳を埋めて行く。

それだけでも充分な成果だったが、稜子はその調査の手を自分からは切り上げず、ひたすらお喋りに時間を費やした。

何時間も。無心に。そして、取り憑かれたように。

いくらお喋りが好きな稜子であっても、それは少しばかり異常だった。それは稜子も自覚していた。というよりも、わざとそのように自分を追い込んでいた。

こうしている間だけは、稜子は何もかも忘れられたからだ。

稜子は、少しでも忘れたかった。

というのも、稜子は。

先の〝合わせ鏡の事件〟で——何もかもを思い出してしまっていたのだ。

思い出した。稜子は確かに忘れていた。

忘れていた。そして、忘れさせられていた。

稜子の中には、〝死〟がいくつも眠っていた。聡子お姉ちゃん、歩由実先輩、そして、従姉の霞織お姉ちゃん。それだけでなく稜子の本当の両親も、稜子はその記憶を知らないうちに自ら封じ込めていたのだった。

稜子の本当の姉と両親は、稜子の目の前で死んだのだ。

ひしゃげた車の中で、血塗(ちまみ)れになって動かなくなった。

稜子は確かに、その光景を見ていた。しかし事故の所為(せい)なのか、それとも精神的なショックに耐えられなかったのか、ともかく稜子はそれらを全て忘れて、霞織と、そして叔父さん叔母さんを、本当の家族だと思い込んでいたのだった。

そう言えば時折蘇(よみがえ)る昔の両親の記憶が、目の前の両親と食い違う事が時々あった。

それほど深くは考えなかったが、まさかこんな事だとは思わなかった。

稜子は、〝魔女〟によって開けられた記憶の扉から、泥水のように溢(あふ)れ出(だ)した〝死〟に、ただ圧倒された。思い出してみれば自明だが、全てを忘れていた間自分がどう感じていたかは、記憶のカードがシャッフルされたように混乱していて、どうしても思い出せなかった。

合わせ鏡の中で思い出し、気を失い、目を覚ました。

稜子は内腑を吐き出すように泣いたが、何も思い出さなかった振りをした。

また忘れさせられるのは、嫌だったのだ。しかしその事を考えるのも、忘れるのと同じくらい、今は嫌だった。

だが――――稜子は思う。まだ、何か忘れている気がする。

何か重大な事を、まだ思い出せない気がするのだ。

その事を考えるたびに、ひどく不安になる。記憶の底に蠢(うごめ)く〝何か〟に、意識を向けようとするたびに、本能が警告を発する。

頭が、痛い。

何も考えたくなかった。

考えてはいけない、そう思った。思い出せていないのは、きっと稜子自身が、それに耐えられないからだ。

お父さんとお母さん、そして聡子お姉ちゃんの事を、忘れていたように。

違うかもしれない。だが、それ以外考えられない。

考えるのが、苦しかった。自分の記憶に、押し潰されそうだった。

だから、稜子はお喋りに興じた。何でもいい、何か興じられるものが欲しかった。何も考えなくて済むものが。そして——ただただ時間が過ぎた。

「——まあ、何てゆーかさ……よーやるわって感じだねー」

それは長時間の雑談の果てに一息ついた時、ルームメイトの貫田希が、稜子に向かって発した言葉だった。

「え？　なに？」

そう言って稜子が振り返ると、希は自分のベッドの上に寝転がった姿勢で、読みかけの雑誌を開いたまま、稜子に呆れたような表情を向けていた。稜子と目が合うと、苦笑気味の表情をする。対する稜子は、口を尖らせた。

「……なによぉ」

「んー、別に？」

　希は肩を竦めて、わざとらしく雑誌に目を戻した。しかし揶揄されるのも無理も無い。稜子は希が部屋に帰って来てからもずっと、六時間以上に亘って希を無視したままメッセージへの返信を続けていたのだ。

　一瞬、稜子は沈黙する。

　そして、

「……うーん……ごめんね？」

　沈黙の後、稜子は謝った。

「いや、別に謝れとは言ってないんだけどなあ……」

　そんな稜子に、希は今度こそ苦笑した。そして憮然とする稜子をよそに、笑ってベッドから起き上がり、トレードマークの癖っ毛に手櫛を入れて、ベッドの縁に腰掛けた。

「……あんたって本当に面白い子だねー」

　ころころと変わる稜子の表情を楽しそうに眺める希に、稜子は眉を顰める。

「なによぉ」

「だから何でも無いって。それより今の何やってたの？　何かちらちらと『学校の怪談』とか見えてたけど」

希は話題を変えて来る。稜子と希の交友関係はかなり重なっているので、メッセージの遣り取りの一部は希の目にも触れるのだ。

「あ、うん……ちょっとね」

稜子は半ば反射的に、こういう時のテンプレート化した答えを返した。

「部活のね、小説のモチーフに使おうと思ってるの」

「ふぅん」

その答えに特に疑う事なく、希は頷く。怪談を調べている理由として、稜子が最初から用意していた答えだ。もうメッセージの中で何度も使った。稜子が文芸部の活動をしているのは周知の事実なので、もちろん疑う者は居なかった。

「そうだ、希は知らない？　うちの学校の怪談で、何か面白いの」

そしてついでとばかりに、稜子は希に訊ねた。

「怪談、ねえ……」

「うん、何か無い？」

訊かれた希は何か頭の中に引っかかるものがあったらしく、記憶を掘り返して、思案するように視線を泳がせた。

「……怪談とはちょっと違うけど、そういや後輩の子が変なこと言ってたな。今日」

「変な？」

何やら微妙な希の表情。

「んー、なんつーのかな。部活の後輩の子なんだけど……友達が一人いなくなった、とか言ってたかな？」

自然と稜子の眉は寄せられていた。

「……いなくなった？」

「そう。何か知らないけど、自分が怪談を教えたからだ、とか、何とか……」

その話は、稜子のアンテナに引っかかる。

「それ、詳しく聞ける？」

「んー？」

稜子はその場で希に頼み込んで、その子と連絡を取らせて貰った。

希の仲介で電話に出てくれた彼女は、詳しい話を聞きたいと言うと、渋る様子も無くすぐにOKの返事をした。そして一夜明けたこの日、武巳に同席して貰った食堂で、件の彼女、夏樹遙と会う事になったのだ。

＊

「――信じてくれないなら、それでもいいです」

まず遙がきっぱりと稜子達に前置きしたのは、そんな台詞だった。

「え、そんな、信じないなんて事、ないよ……」

「……」

突然の拒絶的な言葉に、思わず稜子はフォローを入れたが、遙は態度を軟化させる事なく、口元を引き結んだ。

稜子と武巳は、顔を見合わせる。

がらんとした食堂の一席に、妙な空気が流れる。

「……無理に来て貰ったのか？」

「そんな事ない……と思うんだけど……」

声を潜めて稜子に囁く武巳の表情は戸惑っていたが、答える稜子の方も、また同じくらい戸惑っていた。というのも、この遙の態度は、昨日電話で話した雰囲気とは、全く違っていたからだ。

声は昨日の電話で聞いたものと同じだったが、様子がまるで違っていた。稜子が話を聞かせて欲しいと持ちかけた時、昨日の遙は、まるで縋り付くかのような、是が非でも話を聞いて欲しいとでもいうような反応だったのだ。

どちらが頼んでいるのか判らないような状態だったのを憶えている。

誰でもいいから話を聞いて欲しい。昨日の遙の様子はまさにそんな感じだったのだ。

それが、会ってみれば印象が違ったという状況だ。いま目の当たりにしている遙から感じるのは。〝戸惑い〟と〝身構え〟と〝拒絶〟、そういった感情で作り上げられた分厚い防壁のような態度だった。

引き結んだ口元は、普段の癖だと思われる。

しかしそれが益々、遙から感じる印象を頑なものにしている。

沈黙が、場にのしかかった。

稜子は仕方なく、苦笑いに近い表情を浮かべた。

「……………えーと……話、聞かせてくれるんだよね……？」

そして確認のため、困ったように稜子が言うと、遙は途端に瞳に逡巡の色を浮かべ、それから頷いた。あっ、と。それを見た時、人との共感力が強い稜子は、遙の表情の下で起こった感情の動きを、手に取るように察した。

遙の表情は、何かを大人に言おうとして、その結果、笑われるのを恐れている子供だ。

相手が笑う、もしくは怒るという反応を確信している、そんな怯えた子供と同じものだ。

遙は、その〝何か〟を話すのを恐れている。話を聞いて欲しくてここに来たのだが、いざ来てから身構えてしまっている。彼女の気が強そうな表情に潜んでいるそんな心の動きを、稜子の感受性は確実に汲み取っていた。

「……えっと」

尋常では無いものを感じた。

「何があったの？」

稜子はそんな一言で、遙の背中を押した。できるだけ真剣な気持ちを表情と態度に乗せ、稜子は遙が話し出せるような雰囲気を作る。武巳の戸惑いの沈黙も、この場では真摯な態度に見える。

それによって遙は、ようやくその重い口を開き始めた。

「――――おととい、友達が居なくなりました」

視線を下に向けたまま、遙はそう話を切り出した。

「友達の名前は、西由香里です。寮で同じ部屋の、ルームメイトです」

遙は言うべき事を必死で頭の中で纏めながら話しているという、そんな表情で言葉を口にしている。

「おとといの夜に、由香里は居なくなりました」

「……」

「シャワーを浴びに行くと言って部屋を出て」

「……」

「そのまま、帰って来なかったんです」

稜子も武巳も。

ただ黙って、話を聞いていた。


……………


遙の話す、西由香里が消えたという状況は、このようなものだった。

夜、由香里がシャワーに行ったきり帰って来なかった時、遙は最初、特に気にしなかったのだという。

由香里はお風呂が好きな子だったので、いつもの事だと考えたのだ。いつものように送り出し、いつものように過ごした。何の疑問も無くいつものシャワーだと思っていたし、実際そこまではいつも通りだった。

だがその日は、そこから状況が違った。

三時間経っても、由香里は帰って来なかったのだ。

そこで初めて、遙は心配になったという。あまりにも遅すぎる。遙は不安になり、由香里の様子を見に行く事にした。もちろんその時にしていた心配は、由香里が病気などで倒れている事だった。

部屋を出て、人の減った寮の、暗い廊下に出た。

早足でシャワー室に向かった。最初に異常に気付いたのは、そのシャワー室へ向かう廊下での事だった。

びしゃ、

と廊下を歩くスリッパが突然、水溜(みずたま)りを踏み付けたのだ。

驚いて足元を見ると、一階の廊下が、一面ぐっしょりと濡れていた。

まるで誰かが、雨の日に雨合羽を着たまま歩いたような状態。雨など降っていない。不審に思いながらもそのまま進むと、シャワー室に近付くにつれ、廊下の水溜りはだんだんと嵩(かさ)を増し、雨合羽どころか雨漏りの様相を呈して来た。

水を吸った絨毯を踏むスリッパの足が重くなり、染み出した水がスリッパの底を越えて中の足が濡れた。

不快な感触。

嫌な予感。

水溜りに足を取られながら、急いだ。

そしてようやくシャワー室に着いた時、まずそこで遙が見たものは、大きく開け放たれたままになっている、シャワー室の扉だった。

開けっ放しの脱衣場の扉と、その向こうの、やはり開けっ放しのシャワーブースの扉。

薄暗い廊下に、煌々(こうこう)とシャワー室の明かりが漏れて、そしてシャワーブースから、シャワーの水音と共に湯気が廊下に流れ出していた。

入口の前は水浸し。中を覗き込むと、全くの無人。ただ使っている者の無いシャワーが一つだけ、淡々と床に向けてお湯を吐き出し続けていた。

由香里の姿は無かった。

シャワーが床を打つ水音だけが、響いていた。

シャワー室の床も、脱衣場の床も、水浸し。そして水はそのまま廊下に流れ出し、うっすらと川を作っている。

シャワーを止めず、扉も閉めず、人が居ない。

まるでシャワーを浴びていた人間が、そのまま体も拭かずに、シャワー室から駆け出したかのようだ。

まるで何かに追われて、逃げ出したかのように。

水溜りを踏みながら、恐る恐る、更衣室に足を踏み入れる。棚に置いてある脱衣籠の一つには、服が詰め込んであった。見覚えのある服だった。

由香里の着ていた部屋着だった。

その事実に、心臓が激しく脈打ち始めた。

更衣室にも、シャワー室にも、誰かが居る様子も、気配も無い。ただ開けっ放しのガラス戸から、中の湯気が流れ出している。

シャワー室の中を、検めた。

タイル張りの空間は、もちろん無人だった。

誰かが倒れている様子も無い。服を残したまま、由香里が消えている。

誰も居ないタイルの床に、シャワーのお湯が大量に溜(た)まっていた。

湯気の立つ池となって、脱衣場に溢れている。シャワー室の隅にある筈の排水口が、役目を果たしていない。

呆然(ぼうぜん)と、その水の行方を目で追って——そして、鳥肌が立った。

排水口には、長い髪の毛が大量に詰まっていて、溜まった水の中で、海草のようにゆらゆらと揺れていたのだった。

…………

「……それっきり、由香里は帰って来ません」

稜子と武巳が無言で聞く中で、遙が緊張気味に、それを語り終えた。

他に人の居ない、時間外れの食堂で語られるその話は、まるで怪奇映画のワンシーンにも思える、何とも不気味なものだった。

確かにそれは、にわかには信じ難い話だった。

何より信じ難いのは、それがつい一昨日の夜に起こった、確かな事実だという点だった。

その話、本当？　そう稜子は口にしかけて、その言葉を飲み込む。今までの会話から、遙がそう言われる事を何より恐れている事が想像できていたからだ。

遙は最初にこう言っていた。

——信じてくれないなら、それでもいいです。

それは相手に言っていると同時に、自分の期待を追い払う言葉でもあるのだろう。多分、誰も遙の話を信じなかったのだ。遙は昨日の一日で周囲の反応に絶望し、半ば以上諦めているのだと思われた。

白い食堂に、短い沈黙が降りた。

「えっと……」

その沈黙に、武巳が口を開きかけた。

稜子は武巳の肩に触れて、その武巳を抑えた。そして武巳に「ここは任せて欲しい」という意の目配せをして、代わりに自分が、遙へと問いかけた。

「……ねえ。それって、事件だよね？」

稜子は言った。

するとも今まで稜子達と目を合わせなかった遙が、この時初めて顔を上げた。

「え……」

「それって人が一人いなくなったって事だよね？　一昨日の夜に」

稜子は、言葉を選んだ。とにかく身構えている遙に反発されないよう、遙の言う事を完全に事実として扱う事にした。

「それ大変だよ。警察……ううん、先に管理人さんか。とにかく連絡しなきゃ」

稜子は言う。遙はそれを聞くと、再び下を向いた。

「もう……連絡はしました」

「それで、どうだったの？」

「取り合ってもらえなかったんです。寮の管理人さんに連絡したら初めは驚いてたんだけど、しばらくしてシャワー室とかが片付けられて、何も無かった事にされたんです……」

半泣きの声になって言う遙の言葉に、稜子は武巳と思わず顔を見合わせた。

「無かった事？」

「はい。それから何も連絡が無いから、次の日に管理人さんに電話したんです。そしたら管理人さんは『学校の方でちゃんとやってくれる事になった』って言いました。

だから私、学校にもどうなってるか、聞きに行ったんです。ルームメイトの私に何の話も無いのって、変じゃないですか。そしたら『警察に連絡したので調べてくれてる』って答えが返って来たんです。でもそんな様子、全然なくて。

私、思い切って警察に電話したんです。一一〇番に。警察署に繋いでくれたんですけど、由香里の話は知らないみたいでした。私が説明したら、調べてくれるって言いました。でも、結局それっきりでした。だから夜になって確認しようとしたら……」

遙は、泣き出した。

「……悪戯は、やめてくれ、って…………」

「…………」

遙は下を向いてズボンの腿を握り締め、ぐすぐすと涙を流した。

「……本当、なのに……だっ、誰も信じてくれない……友達も先輩も、まさか、そんな事ないでしょ、って……本当なのに……警察の人も……本当に由香里、居なくなったのに……」

稜子も武巳も、言葉を失う。

確かに、それは気味の悪い話だった。

何より不気味なのは、警察などの周囲の反応だ。

遙は確かに知っているのに、無かった事になって行く事件。周りの誰も、警察さえも信じてくれない、自分の記憶すら不安になるほど不気味な状況。

広い空洞めいた食堂に、遙の嗚咽が響く。

稜子はただ辛抱強く、遙が泣き止むのを待った。

武巳が居づらそうに、食堂の入口や厨房に目をやっていた。稜子は気にする事なく、やがて遙が落ち着いてから、話を切り出した。

「夏樹さん。わたしはあなたの話、信じるよ」

「…………」

稜子は意識して落ち着いた声で、遙に言った。

「大変だったね。でも大丈夫、わたし達ならあなたの話を聞いてあげられるよ」

「…………」

遙は下を向いたまま、動かない。

「他の人達は信じないかも知れないけど、わたし達なら信じるよ。だってあなたが言ってるようなおかしな事を、わたし達はたくさん見てきたんだもん」

その言葉は事実だった。思い出したくないくらい、稜子は見て来たのだ。

そして。

「夏樹さん、一つ話してない事があるよね」

稜子は言った。

「昨日電話で言ったよね。〝怪談〟のせいかも知れないって」

「……！」

遙の握った手に、力が込もった。

今しがたの遥の話には、ごっそりと抜けている部分がある。昨日までは話していた話。それが今日になって、急に一言も触れなくなった話。

「誰も信じてくれないから、言いたくないんだよね」

稜子はそれに触れる。

「それに、あなたも自分で信じてない、ううん、信じたくないんでしょ？」

だが稜子は、それを聞きに来たのだ。

「怪談を話したせいで、人が消えちゃったなんて」

「…………」

遙は押し黙ったまま、答えなかった。

「おかしい人だと思われたくないんだよね。昨日みんなに言った時に、信じて貰えなかったんでしょ？　でも、わたし達はそれを聞きに来たの。わたし達は信じるよ。大丈夫。笑ったりなんかしないから」

稜子の説得に、下を向いたままの遙。

「わたし達は今までにも、それと同じような事を、たくさん〝見た〟の」

「…………」

「だから、わたし達なら、あなたを助けてあげられるかも知れない」

稜子はしっかりと遙を見詰めて、言った。

「だから――教えて？　あなたが西さんに話した、女子寮の怪談を」

稜子はそう言って、遙の反応を待った。

俯(うつむ)いたままの遙と、見守る稜子の間に長い沈黙が広がった。

やがて遙は、緊張の糸が切れたように、嗚咽を洩(も)らし始めた。

そして、そこから堰(せき)を切ったように、ぼろぼろと大粒の涙を流し始めた。

3

…………

ひとしきり泣いた後、遙は女子寮にまつわる、ある一つの〝怪談〟を語った。

それは遙が先輩の誰かから聞いたという話であり、怖がりの由香里に面白がって、失踪直前に話して聞かせたというものだった。

それは、いつもの冗談のつもりだったという。

しかし直後、まるでそうとしか思えないタイミングで、由香里は消えてしまった。

そのためパニックになった遙は、〝怪談〟のせいで由香里が消えたのだと思った。それは失踪のタイミングだけでなく、怪談の内容も、そう思うに相応しいものだったからだ。

その話は骨子である一人の女生徒の話と、その後日談によって構成されている話だった。

それは〝壁の中に死体が埋められている〟という、建物の怪談としてはありふれたものだったが、後日談に当たる部分が珍しく、異彩を放っていた。

遙はまだ涙の痕が残る顔を伏せて、その話を淡々と話した。

内容は、このようなものだった。


それは昔、この学校ができて間も無くの頃の話だ。

ある一人の女子生徒が、妻子のある男性教師と関係を持った。

女子生徒は本気だったが、男性教師はそうでは無かった。結婚を望む女子生徒を、男性教師は鬱陶しく思い始めた。男性教師は、奥さんと別れるつもりは無かった。思い余った男性教師はある雨の日、当時はまだ工事中だった女子寮に、女子生徒を連れ出した。

そして女子生徒を殴って殺し、死体を壁の中に塗り込めてしまった。

今も女子寮のどこかの壁に、女の子の死体が埋まっている――

ここまでが、話の本編に当たる部分だ。

そして、次が後日談になる。

だが内容としては、こちらが本題になるのだろう。その話は、何とも不気味なものだ。

こうして女の子は殺されて、壁の中に塗り込められた。

しかし、死んだと思っていた女の子は、実はその時まだ生きていた。女の子は殴られた怪我で体が動かないまま、生きながらにして壁の中に埋め込まれてしまっていた。女の子は生きたまま、自分の体が埋められて行くのを見ていたという。

声も出せず、ただ心の中で助けを求めながら自分を塗り込める作業を見ていた。

足から、徐々に女の子は漆喰で埋められて行った。

やがて顔も埋められて、目も見えず、息ができなくなった。

こうして女の子は壁に生き埋めにされて、心の中で『助けて』と叫びながら、苦しみ抜いて死んで行った。

女の子の死体は、今もこの寮のどこかの壁に埋まっているという。

そして死んだ女の子の呪いは女子寮に残り、女の子が殺された時に似た状況が作られると、女の子の亡霊が現れる。

あの日の激しい雨と同じような音を立てるシャワー室で、

髪を洗いながら、壁に塗り込められた女の子と同じように目を瞑って、女の子が死ぬまでに叫んだ回数、十三回『助けて』と心の中に思い浮かべると——

目を瞑ったあなたの後ろに、死んだ女の子が立つ。

……………………

＊

『——確かに、それは気になる話だな』

武巳が、遙から聞いた話を伝えた時、空目が下した評価は、そのようなものだった。

「……だろ？　だよな？」

食堂の入口脇で携帯を耳に当てた武巳は、元いた席に座っている稜子と遙の姿を横目に見ながら、半ば興奮気味な声で、電話の向こうの空目に答えた。

ようやく遙の話が終わり、時間は昼間に差しかかった頃だった。現在どこかを移動中らしい空目は、時折車の通る音を背景に、黙って武巳の話を聞くと、即座にその『気になる』という評価を下したのだ。

『その〝怪談〟もそうだが、失踪事件が事実なら、厄介だな』

空目は少し黙考して、言った。

『錯覚、思い込み、妄想の類の可能性もある。だが学校も警察も相手にしなくなったという話を真に受けるなら、すでに〝黒服〟が動いている可能性は高い』

「そう！　そうなんだよ！」

その空目の言葉に、武巳は何度も頷いた。

遙の話を聞いた時、武巳が思ったのもそれだった。女の子が一人消えてしまったのに、その事件が完全に〝無かった事〟にされている。それは武巳があの〝機関〟に対して抱いていた恐れそのものだった。そしてもしそうなら、この事件は〝本物〟だという事なのだ。

「絶対、そうだって」

武巳は殆ど確信していた。

しかし対する空目は、それに対する断定は避けた。

『……いや、その結論は置いておこう』

「え？　何で？」

『今のところ証拠というか、根拠が無い。この学校で起こった事件なのに、俺に〝黒服〟からの接触も無い』

　空目は慎重だった。

『俺が〝黒服〟から切り捨てられただけかも知れないが、何とも言えんな。断定は避けた方がいいだろう』

　そう空目は言って、話を切り替えた。

『それよりも――その〝怪談〟、よく見付けてくれたな』

　空目は少し言葉の調子を変えると、武巳に労い(ねぎら)の言葉をかけた。

「えっ？　あ……うん……」

『礼を言う。決定的に疑わしい例が、こうも早々と見付かるとは思わなかった』

「ああ……いや……」

　思わぬ空目の賞賛だったが、武巳は言葉を濁した。珍しく空目に褒められた事に嬉しさを感じるが、この件に関して武巳は何もしていない。武巳はただ連絡しただけで、調査から聞き込みまで全てを行ったのは稜子一人だ。

　これは完全に稜子だけの手柄だった。

　その稜子は遙を伴って、武巳の方に近付いて来た。

　そして電話中の武巳に、顔を近付けて「夏樹さん、寮まで送って来るから」と小さな声で囁いた。武巳が少し仰け反り(の)ながら、こくこくと頷くと、稜子は頷きを返し、まだ少し俯き気味の遙を連れて、食堂を出て行った。

「……」

武巳は二人の背中を、電話を耳に当てたまま見送った。

そしてふと見回すと、昼の時間帯という事で、食堂に人が増え始めていた。

武巳はその様子に気が付くと、そのまま食堂を出て、外を歩き始めた。この電話はあまり人の居る場所で話す内容では無いと、何となく思ったからだった。

冷たい風に晒されながら、武巳は電話を続けた。

「で……陛下はどう思う？　この話」

武巳は電話の向こうの空目に、訊ねた。

『壁に死体が埋め込まれているという〝怪談〟は、確かに昔から例が多いな』

空目が答えた。

『大きな工事を伴う建築物には、事故でコンクリートに落ちた作業員の話も、殺され壁に埋め込まれてしまった被害者の話も、都市伝説としてはそれなりに良く聞く話だ。有名な建造物には付き物と言ってもいい』

「そうなのか……」

空目に言われると、必要以上にそんな気になって来る武巳だった。

『ああ。後日譚として壁に人型の染みが浮き上がって来たり、幽霊が目撃されたりする怪談も少なくない。トンネルなどで良く聞くな。昔の万博会場でも、この種の事故死者による幽霊話があったという事例を本で見た事がある。都市伝説だけでなく、創作でもポーの『黒猫』などがある。まとめると〝壁の中の死体〟というモチーフは相当数になると思うが、おそらくこのモチーフの大元は〝人柱〟ではないかと思う』

「人柱……」

空目の言ったその単語を、武巳は鸚鵡返し(おうむがえし)に呟いていた。

『そう、〝人柱〟だ』

肯定する空目。

『かつては建造物を造る際、土台などに人間を埋め込む事で建造物が強化されるという信仰があったのは知っているな？』

「あ……うん」

『どこから発生したものかは諸説あるが、この人柱信仰は不思議な事に世界中にあった。日本の伝説や昔話にも人柱の事例は多く出てくるテーマだ。

有名なものでは堤防だな。治水が困難な暴れ川を鎮めるための堤防に人柱を用いたという昔話は多くある。他にも、城の石垣、橋の土台、実際に証拠が見付かった例では、江戸城の二重櫓(やぐら)の下から十七体もの直立した人骨が出てきた例もあった。ヨーロッパにもその種の事例は多い。築城を急がされた石工が自分の子供に玩具を持たせて遊ばせ、その間に煉瓦の壁で覆ってしまったという伝説もあった』

「うわ……」

『その伝説では最後の煉瓦を積む瞬間、子供が恐怖で泣き叫んだ。それを聞いた石工は、後悔のあまり梯子から飛び降りて死んでしまう。それでも城は、子供を塗り込めたまま無事に完成する。これに似た例は日本にもあって、千貫堤の人柱は買われて来た娘の話だった。堤に横穴を掘って埋める準備をし、穴の奥に仏像を置いて娘達に順番に祈らせる。そしてその娘の番になった時に、土をかけて埋めてしまう。こういった話は普遍的なものらしい。〝人柱〟の効力が信じられていた証左だろうな。

人柱の伝説がある城で、実際に伝説通りの骨が見付かった例も多くあるそうだ。古い教会の壁や土台に人骨が発見される例も少なくないらしい。フレイザーの『金枝篇』には、人間の影を使う人柱の例があった。家の土台石に影がかかるように人をおびき出し、密かに影の寸法を測って埋めてしまう。すると家は強化されるが、影を埋められた人物は死んでしまうのだそうだ。〝影〟を人の魂だとする信仰と、人柱信仰の融合だな。家を建てる前に動物の血を撒く風習もあった。大黒柱の下に髪の毛を埋める風習は、日本だったか？』

「………」

人柱の出てくる昔話の一つくらいは、武巳も仮にも文芸部員として知ってはいたが、空目から次々と出てくる話は、武巳の予備知識を大きく越えていた。

『これらの事例を元にしているものなら、〝壁の中に死体〟という都市伝説も、あながち根拠の無い不安とは言えないのかも知れんな』

空目は言う。

「……大丈夫かな？」

武巳は稜子に連れられて行った遙や、自分の居る学校という空間が、妙に心配になった。

『判らん。だが少なくとも深入りはしない方がいいな』

空目は答えた。

『それどころか近藤達の聞いた〝怪談〟そのものが、すでにお前達に〝感染〟している可能性もあるのを忘れるな』

「あ……」

思い至らなかった。それを聞いた途端、武巳の背筋に冷たいものが微かに走る。

だが――――武巳はすでに、〝そうじさま〟という化物を抱えていた。今こうしている武巳自身、すでに何が起こるか判らない状態だった。

「これから、どうしたらいい？」

武巳は、空目に訊ねる。

しかし様々な不安が広がって、内心では助けを求めたい武巳に対して、空目はただ淡々と考えて、淡々と答えを返した。

『何もするな。本当ならばすぐにでも調べに行くところだが、今は俺達もやる事がある』

「そ、そう……」

『そうだな――――明日まで、余計な事に首は突っ込まず、大人しくしていろ。怪談の内容を考えるに、一人での入浴もやめた方がいい。俺達の調べ物も明日までには一区切りつく。それから近藤達の状況を見に行こう』

「あ……ああ、うん……分かった」

答える武巳。先の少しだけの安心と、直近の大きな不安。

『日下部にも、そう伝えておいてくれ』

「あ、うん……」

『くれぐれも、余計な事はするな』

最後にそう言うと、空目の通話はそのまま切れる。

通話が切れた後の無音を、武巳はしばし、意味も無く聞いていた。携帯を握ったまま、しばらくの間、そこに立っていた。

明日になれば、空目が動いてくれるという。

そうすれば、この事件がどういうものなのか、ほどなく判明するに違い無い。

結論が出る。この不安も終わる筈。

もしかすると〝怪異〟では無いかも知れない。だが空目は結論を見送ったものの、考えれば考えるほど、武巳には〝怪異〟にしか思えなかったし、そして同じように、すでに〝機関〟が動いているとしか思えなかった。

事件は既に表向きには消し去られて、事件を確信しているのは遙だけ。

消えた由香里と最後に接していた遙だけが真実を知り、誰も知らない所で、また何かが起こっている。

武巳は得体の知れない不安に駆られて、思わず周囲を見回した。

今まさに何かに監視され、暗躍されているような、そんな錯覚に捕らわれた。

「…………」

周りには、誰も居ない。

完全に錯覚だと判っていたが、それでも武巳の中に広がる不安は消えなかった。

気が付けば、電話をしながら人を避けるように歩いていた結果、校舎の外れまでやって来ていた武巳。

一号校舎の外れも外れ、生徒が来る事も無い、校舎の壁と藪しか無い場所だ。

武巳は一年半近くこの学校に居るが、こんな場所には一度も来た事が無い。

場所のせいか心のせいか、風が先程より寒々と感じられた。聳える煉瓦タイルも、山に続く藪も、静寂と共に、武巳の不安を煽った。何も見えない事が、何も知らない事が、ひどく不安になった。

こんな時に、ふと女子寮の壁に塗り込められた、少女の話を思い出した。

どこかの壁に埋まっている、少女の死体の話。

思い出してしまった。

こんな時に。

「う……」

途端に武巳の中で、不安が連鎖した。

目の前の壁に、教室の壁に、寮の壁に、死体が埋まっているというイメージが、止まらなくなった。

すぐ脇の壁の中から、ありもしない視線を感じた。

錯覚が産毛を逆立て、不安が不安を呼んで、心の奥底の闇の中から、恐怖の感情が引きずり出されて来た。

意味も無く、いま居る場所が怖くなった。

周囲の陰が、壁の中が、怖くなった。

一人で居る事が、怖くなった。

そして耐えかねた武巳が、その場を去ろうとした——————その時だった。武巳の耳の中に、不吉な金属音が鳴り響いた。

りりん、

「！」

その〝音〟を聞いた瞬間、武巳の体は、一瞬にして強張(こわば)った。

それが〝聞こえた〟瞬間、胸の中に渦巻いていた嫌な気配が冷たい空洞を残して消え失(う)せ、代わりに武巳の周囲の空気が、その嫌な気配そのものに変わっていた。

その〝音〟は武巳が持った携帯から下がる、小さなアクセサリーが発した音だった。それは本来ならば音を立てない空っぽの鈴が、空気でないものを震わせて立てる、この世のものではあり得ない、音ならぬ〝音〟だった。

その鈴の音は、いつも〝何か〟の始まりだった。

それは〝魔人〟によってもたらされた鈴が、『異界』を告げる音だった。

気が付けば周りの空気は冷たく静止し、全ての音が死んだように消え失せていた。

強まった冷気が皮膚に染み、体中の毛が逆立って、異様に鋭敏になった皮膚感覚が、周囲の気配を捉えていた。

「…………………」

静寂が、耳に、皮膚に、染み込んで来た。

切れるような静寂の中、意識すればするほど、知覚が外へと向かって行った。

五感を始めとした感覚という感覚が、自分の意思に逆らって、存在し得ないモノを捉えるために研ぎ澄まされた。「見たくない」と思えば思うほど、そこにある異常を、恐怖を、何かを見るために、意識がじりじりと向かっていった。

そこには一号校舎の煉瓦タイルの壁が、冷たく聳え、続いていた。

それは立ち竦んでいる武巳の脇を通って、視線の向かう先で、途切れていた。

そして——————

それは、そこに居た。

曲がって途切れた壁の角から、子供の顔が、半分だけ覗いていた。

心臓が跳ね上がった。

それは壁の曲がり角に、子供としても異常に低い位置に覗いていた。

子供の脛に当たるほどの高さに、その頭は真っ直ぐ立って、半分だけ覗いていた。

頭部に続いている筈の胴体は見えず、あたかも子供の頭だけが、低く宙に浮いているかのようだった。

「!!」

慌てて見直した瞬間、目の焦点のぶれが見せた錯覚のように、それは消え失せた。

壁の端には、何も無かった。

しかし一瞬だけ見えたその子供の頭部には、武巳は憶えがあった。それは目のある場所を布で固く縛り上げた、何度かその目で見た――

あの、〝そうじさま〟の、顔。

「…………」

何も無い、音すらも無い場所だった。

そんな場所で、武巳は足が震え出した。

あの顔があって、消えた壁の角から、視線が外せなくなっていた。その角の向こうに、その奥に、その陰に、何かの気配が、確かにあるのだった。

りん、

壁の陰から反響するように、再び〝鈴〟の音が聞こえた。

誘うような、微かな音色だった。

激しい緊張と恐怖に、呼吸が荒くなった。はあーっ、はあーっ、と自分の呼吸音が聞こえるが、緊張に引き攣った胸は、それでも息苦しさを訴えていた。

「…………」

顎が、微かに震えている。

腕に、顔に、鳥肌が立つ。

しかし武巳は一歩、震える足で、踏み出していた。〝見る〟恐怖よりも、〝見えない〟恐怖の方が、そして動かない恐怖の方が、大きく上回ったのだ。

ずっと、いつまでも、ここには居られない。

りん、

だから――――

校庭の砂を踏み、曲がり角に近付いた。

りん、

前に出た。

陰の向こうが、垣間見えた。

りん、

震える足を前に出して。
鈴の音に引かれて、恐怖に押されて。
そして、煉瓦壁の角に立つ。つい今しがた〝顔〟が覗いていた、角の部分を、目を見開いて
見下ろして。

「…………」

そして――――武巳は。
ゆっくりと、ゆっくりと、武巳は煉瓦壁の陰を、覗き込んだ。
だが、そこには何も居らず、ただ校舎裏の景色が、静寂の中に続いているだけだった。
何も無かった。
ただ壁と地面があるだけ。
しかし、緊張は、解けなかった。

未だ満ちるこの異常な空気に、体が怯えていた。

何の変哲も無い校舎裏の景色。

その何でも無い景色に、明らかに普通ではないものの気配が張り詰めているのだ。

りん、

そして、〝音〟も止まない。

視界に収まる空間のどこかから、鈴の音が響いている。

そして緊張で鋭敏になった耳には、その場所が明らかに判別できた。

鈴の音は武巳の視線の先、視界を塞ぐ校舎の壁の足元にある、何も植えられていない花壇の、中から、聞こえていたのだった。

「…………!?」

花壇の。

黒い、黒い、土の中から。

まるでその中に人がいて、鈴を鳴らしているように。

その光景は、武巳から嫌な連想を引き出した。それは以前にどこかで聞いた、即身仏として生きながらにしてミイラ化する僧侶の話だった。

即身仏となる僧侶は食を断ち、箱に入って土に埋められるのだという。そして生きている間中、ずっと土中で鐘を鳴らし続けるのだという。僧侶が死ぬまで、土の中からは鐘が聞こえるのだと。そしてその話は、まさしく目の前にある光景、そのものだ。

りん、

土の中から、音は響く。

まるでその下に、人が埋まっている事を教えているかのように。

ごくり、と空気を飲み込み、武巳は花壇の方へと近付いて行った。呼吸と鼓動の音が大きくなり、やばい、やめろ、と本能が叫んだが、武巳は何かに引き寄せられるようにして花壇に近付き、縁に立ち、中の土を見下ろす。

そして――――土に向けて、手を伸ばした瞬間。

「何を、し、ている、っ！」

背後から凄まじい声で怒鳴り付けられ、武巳は文字通り、比喩では無く飛び上がった。

「お前、付属高の生徒か？　ここで何をしている！」

仰天し、振り返った武巳が見たのは、恐ろしい形相で武巳を睨み付ける、スーツを着た大柄な男性の姿だった。

男は重厚な雰囲気のスーツに大柄な身体を包み、老いた容姿にはアンバランスなほどに黒々とした髪を整髪料で固めていた。それに何より精気に満ちた顔と声が、一目でその男が社会的地位のある人物である事を、見る者へと悟らせた。

「その花壇から離れなさい！」

男は立ち竦む武巳に、大股に近付いて来た。男は萎縮する武巳の前に立つと、武巳を頭から見下ろして、武巳の背後にある花壇に目をやってから、武巳の目を覗き込んだ。

「……きみ」

そして男は先程とはうって変わった低い声で、武巳に言った。

「ここで、何か見たのか？」

「…………！」

武巳を覗き込む男の目は心の奥底を強制的に掘り返すような、逆らう事を許さない、非人間的な威圧感を持っていた。

一瞬で、男の威圧が武巳の意識を制圧した。

「うわあ！」

　武巳は男を見上げたまま引き攣った顔で首を横に振り、必死になって、何も見ていない事を男に訴えた。

「な……なにも見てません」

　掠れた声で、武巳はようやく言った。

「本当かね？」

「……！」

　武巳は首を縦に振る。額に、汗が浮かぶ。

　男は武巳の表情をじいっと舐めるように観察し、顔を近付けた。そして緊張と恐怖で心臓が痙攣しそうな武巳に重々しい声で問いかけた。

「……きみは、ここで何をしていた？」

「…………！」

「どうやって、ここに来た？」

　武巳は、答えられなかった。

　ただ何と答えていいか判らなかったのだが、その答えないという行為が、恐怖を呼び起こした。目の前の男に何か答えなければと、武巳は必死で言葉を繋いだ。

「……け……携帯が……」

「携帯？」

「電話しながら……歩いて来て……」

自分で言いながら訳が判らなかったが、男はそれなりの判断を下したようだった。

「……偶然か？　きみ、学年と名前を言いなさい」

「に、二年。近藤です」

「……きみが近藤君か。きみ、ここは立ち入り禁止だ。二度と、ここに来てはならない。それから、きみがここに来た事も、私に会った事も、誰にも言ってはならん」

男は武巳の目を覗き込みながら、そう言った。

「約束しなさい。誰にも言わないと」

「…………！」

武巳は、何度も首を縦に振った。

「よろしい。気を付けなさい。約束を破ればきみは無事では済まんぞ」

「…………！」

男の低い声が、武巳の心に何重もの拘束を加える。

理由も判らず、武巳は男の言葉に恐怖していた。それは男の発散する気配が、そして言葉に込められた意思が、まるで直接武巳の中に浸透するような、濃密な密度を持っていたせいかも知れない。

ただ、男の言葉に逆らう事は恐怖だった。

男の気配は、そういうものだった。

しかしそれは、武巳にとって憶えのある感覚だった。それは今までにも経験した事のある、感じた事のある、感覚だったのだ。

この立たれただけで威圧される、濃密な気配。

この意識を侵蝕(しんしょく)するような、意志の込められた言葉。

確かに憶えがあった。

それは――――

あの〝魔人〟の気配であり、
あの〝魔女〟の気配であり、
武巳の信奉している、あの〝魔王陛下〟と同じものだった。
空目達のような特殊な人間と、同じ種類の気配。
それは、〝魔術師〟の気配だった。
気付いた瞬間、武巳は完全に屈服した。この〝気配〟を持つ人間には、武巳のようなただの人間が逆らう事など、できはしないのだ。
「……いいな。わかったら、もう行きなさい」

「…………」

武巳は黙って、男を見たまま頷いた。

そしてゆっくりと足を進め、男と目を合わせたまま、花壇と男から離れて行った。

そうして校舎に沿って歩き、曲がって男が見えなくなると、武巳は初めて、その場から駆け出した。武巳も見た事のあるその男――この学校の理事長から、武巳は必死になって、逃げ出していた。

三章 街の中に

1

「──近藤、くれぐれも、余計な事はするなよ」

そう言って空目が武巳との通話を終えたのは、俊也達四人が神社へと向かって、羽間市郊外の住宅地を歩いている時だった。

俊也と空目、亜紀、そしてあやめは、ときおり畑なども混じる密度の薄い住宅地で、武巳の電話が終わるまでの間、道端に固まって立っていた。

その電話は突然だった。あれから図書館を出た一同は、バスで市街に出て、すでに目的地近くまでやって来ていた。その時、武巳から空目の携帯に電話がかかって来た。一同はそこで立ち止まり、漏れ聞こえる電話内容に耳を傾け──そして話が進むにつれて、皆の表情は徐々に固いものへと変わって行ったのだった。

「……」

皆の見守る中で、空目が通話を切る。

「……ヤバいか？」

「いや、まだ判らんな」

俊也の問いに、空目は無表情な眉を微かに寄せて、そう答えた。

武巳からの電話は、〝怪異〟と思われる事件に遭遇した女の子を、武巳と稜子が見付けたというもの。そしてその〝怪異〟では、どうやら一人の少女が、既に今現在、どこかに消えてしまっているらしいという報告だった。

俊也に言わせれば、確実にまずいものだった。

それが本物の〝怪異〟で、しかも関われば危険な事態になる事は、すでに俊也の中では確定事項に等しかった。

仕方が無いとは言え、無力なあの二人にはどこまでも〝無能〟であって貰うのが俊也の理想だった。何も知らず、関わりもしなければ安全なのだから、あの二人――――いや、究極的には亜紀も空目も――――わざわざ危険に首を突っ込んで欲しくないというのが、いま俊也が思う偽らざる本音だった。

俊也が自分自身を信用できない今、何かが起こる事を俊也は恐れていた。

だが武巳達はあっさりと〝怪異〟の当事者を引き当て、勝手に当事者に接触して事態を進展させている。

「くそ……こんな時に限って仕事が早いのかよ」

俊也は吐き捨てるように、小さくぼやいた。そして「普段はさして役に立たねえくせに」という言葉を、自己嫌悪と共に、歯軋り(はぎし)りの中に押し込んだ。

正直最初は、空目が武巳達にあの仕事を振ったのは、空振りが前提だと思っていた。二人を事件とは関わりの無い場所に、仕事を与えるという名目で、隔離していると思っていたのだ。

だが今になって考えると、学校に居るのが一番危険だという事は明白だった。

さらに、今こうしている空目の反応を見るに、空目は最初から隔離などは考えていなかったらしい。

「確かにこれほど早いとは予想していなかったな」

空目は言った。

「どうする？　空目」

俊也は空目の思惑を計りきれないまま、空目へと訊ねた。

「別に。確率は少ないと考えていたが、想定可能だった範囲内だ」

「早々にこちらの予定を済ませて、今日中に近藤達の様子を見に行こう」

不安な俊也に対して、空目はあくまでも冷静だった。

俊也は確認する。

「それで大丈夫か？」

「判らん」

俊也は奥歯を噛む。

「もしあの〝怪談〟が本物で、間に合わなかったらどうするんだ？」

「確かに聞く限りでは、〝怪談〟を話してから〝失踪〟が起こるまでの間は短かったな。多少不安だが、ここまで来て引き返すのも不合理な話だ」

「そうか……そうだな」

俊也は頷くしか無い。不安と苛立ちは収まらないが、だからと言って今の自分に何ができる訳でも無い。

「……村神、あんた大丈夫？」

亜紀が、俊也の顔を覗き込むようにして言った。

「……何がだ？」

「〝黒服〟相手に言ってるような事、恭の字に言ってるよ」

「そうか……」

「………！」

その亜紀の指摘に、俊也は絶句した。亜紀は腕を組み、半分戸惑ったような、不可解そうな表情で俊也を見る。自分でも把握し切れていない不安を見透かされているようで、俊也は口をつぐんだ。

「………」

沈黙が、場に下りる。

俊也は思わず空目を見たが、空目はいつものような無表情で皆を眺めているだけだ。

あやめが、戸惑いの表情で皆を見回す。悪意や喧嘩(けんか)や気まずさといったものに、この少女はいつも無力そうな表情をする。

「行くぞ」

やがて立ち尽くす一同を、空目が促した。

「あ……ああ」

俊也はようやく、元のように皆を先導する形で歩き出した。

そうして再び一同は、神社へと向けて歩き出した。その後ろを歩幅の小さなあやめが一人、少し遅れて小走りに、空目の背中を追いかけた。

＊

「…………」


空目達が付いて来る気配を、背中に感じながら。

俊也は悩んでいた。俊也は今、空目の考えている事、そして何より自分自身が、理解できなくなっていた。

今までの、そして八純の事件で、俊也は自分が〝異界〟に対して何の力も持っていない事を痛感させられた。そしてそれと同時に今まで俊也が抱いていた覚悟が、自分が思っていたものとは違っていた事に、気付かされたのだ。

俊也はただ、自分の目に映るものだけを守ろうと思っていた。

小学校の時に空目がクラスメイトに殺されかかった時、俊也は他の全てのものを犠牲にしてでも——たとえこの手で殺してでも——自分の周りを守ろうと誓ったのだ。

何も考えず、それだけを守ろうと思った。

自分の見えるものだけを。手が届くものだけを。

そうすれば、二度とあのような気持ちを味わう事は無いと思ったから。

しかし――――そもそも誰かを守ろうなどと誓うような人間が、その守るべき範囲を、理屈で決められる訳が無かったのだ。

それは、それまで空目以外の同年代と殆ど付き合いを持とうとしなかった俊也には、想像すらしていなかった事実だった。空目の周りで起こる〝怪異〟に関わり、その関係者に関わるうちに、俊也にとっての〝守るべきもの〟の数は、確実に増えていった。

一度深く関われば、もう見捨てる事はできなかった。

そしてそのことごとくが俊也の覚悟も空しく、俊也の手の届かない所で、〝怪異〟の手にかかった。

くそっ――――

実行できない覚悟など、何の意味も無い。

俊也はそのたびに、自分の覚悟の根拠が少しずつ揺らぐのを感じていた。

俊也の思いを嘲笑うように、〝怪異〟にまつわる事件は決められたシナリオを実行した。

俊也の行動も努力も関係なく、ただ全てのシナリオが終わる、あるいは空目があやめの能力で断ち切るまで、事件は一つも止まらなかった。

俊也は、まさしく状況に踊らされていただけだった。

まさに〝怪異〟は煙のようなもので、いくら俊也が立ち塞がっても、止めるどころか流れを遅らせる事もできなかった。

そんな思いを少しずつ抱き始めた挙句、決定的なものとして八純の事件は起こった。

そしてあの時〝合わせ鏡〟の儀式を止めようとした俊也に、〝魔女〟は言ったのだ。


『君は〝観客〟の一人なんだよ――――』


その言葉通り、俊也は目の前に居ながら、儀式を止める事ができなかった。

その上、俊也は気付いてしまった。俊也はかつて空目が殺されかけ、それに恐怖して誓いを立てたが、その殺人への恐怖感には、自分が行う殺人も含まれていたのだった。

強い男になろうとした俊也は、それに気付いていなかったのだ。

気付いたのは、間接的とはいえ自分が大木奈々美を殺した時だ。

人が死ぬのは恐ろしい事なのだ。しかし気付いた時には既に、あらゆる意味で手遅れになっていた。

今更、引き返せなかった。

空目が〝魔女〟への敵対を宣言した今、俊也が抜ける事は、見殺しに等しかった。

たとえ俊也が、〝怪異〟に対して無力だとしてもだ。少なくとも水内範子(みずうちのりこ)のように〝怪異〟で狂った人間に対しては、空目は俊也以上に無力な存在なのだから。俊也は、それに対しては全くの無力では無い。しかし、今の俊也では駄目だった。

狂気の果てに死を恐れなくなった人間が、俊也は怖かった。

正確にはそれを殺してしまう事が、俊也は怖かった。

大迫水方。

水内範子。

それらと対峙した時から、何となく感じていた恐れ。

そして大木奈々美を殺した事によってその正体がはっきりした今、俊也はどうすればいいか迷っているのだった。


――いざ事が起こった時に、自分は動けるのか？

今の自分に、できるのか？


俊也は迷っていた。そしてその迷いを、空目との意識のズレが加速させていた。空目は、ここに来てようやく〝魔女〟を止める気になった。しかし今、俊也は〝魔女〟と〝怪異〟に関わる事を、恐れている。

このままでは、まずかった。

相手は〝怪異〟だ。迷って戦える相手では無いのだ。

しかし、すでに状況は引き返せないところまで動き出していた。

俊也は最早どうやっても、ここから進む事はおろか、一歩、いや半歩たりとも、引き返す事はできないのだった。

2

その緑の敷地は、住宅と田畑の中に鎮座するように存在していた。

低い石柵に囲まれ、中に樹木が生い茂るその空間は、都市部にある神社の多くがそうであるように、町の景色の中に唐突に存在していた。

南側に、石の鳥居と石段。

そこから本殿へと向かう、白い石畳。

敷地は相応に広く、一角に神職の住居もある造りだ。それは周囲の雑多な町並みとも不思議な調和を見せて、いかにも日本的な景色を作っていた。

おそらくこの神社が造られた当時は、周囲一面が田畑と森だったのだろう。時が進み、周囲が道路と家に切り取られて行く中で、この聖域として区切られた一角だけが、そのままの姿で残されているのだろう。

それは典型的とも言える、日本独特の景色だった。

しかしこの景色も、郊外に離れているからこそ、存在しているものだった。

ここは、羽間市なのだ。

砂岩タイルと切妻屋根、洋風の石畳に覆われた市街地に、この神社があればさぞや不気味に見えるだろう。

羽間市内で神社がこの一つしかないという一種異常な状況も、あの町並みを見れば何となく頷ける。様々な意味で羽間市という街は、一般的に言う日本的文化という規格からは、どこか外れている。

だがこの辺りは、そうでは無い。

市街地のあの景色を作っている市条例は、ここまでは及んでいない。

この辺りには、この国で見かけるごく普通の住宅が、ごく普通の町並みを作っていた。それはひねくれた見方をすれば、歪な街の片隅に存在している、見慣れた世界の聖域にも見えなくも無い。


ここが、俊也の家だった。

神社の敷地の中、社務施設からは外れた場所に、俊也の自宅はあった。

白い壁に瓦屋根の家が、敷地の外れに建っていた。二階建ての住宅は神社の建物より大きいので、神社そのものより目立っている。

こうしたいかにも日本建築という外観をした建物は、この街では結構珍しいものだ。俊也にとっては見慣れた家だが、それでも羽間の市街地から戻って来ると、いまだに場違いな錯覚を感じる事がある。

そんな家の玄関前に、俊也は皆を連れて立っていた。

亜紀とあやめは初めて来たからか、物珍しげに家を見上げ、周囲を見回していた。

「ふぅん」

家を眺めていた亜紀が、感心したように鼻を鳴らした。

「……何だよ」

「いや、似合いの家だと思っただけ」

聞き咎めた俊也に、亜紀は肩を竦めて答えた。

俊也は軽く眉を顰め、溜息を吐く。そして玄関の戸に手をかけながら、亜紀に言った。

「どういう意味か知らねえけど、中にはもっと似合いの奴がいるぞ」

俊也が言うと、亜紀が答えた。

「……ああ、ここに来る前に言ってた人？」

「そうだ。奇人だから覚悟しとけよ」

言って、俊也は戸を開ける。俊也は来る前に、家人が居るかどうか、電話で確認を入れたのだ。その時電話に出たのがこの人物で、御陰で電話で済んだ筈のものが、ここまで足を運ぶ羽目になった。

玄関に立って待ち構えていた、その男。

「よお」

ジャージの上から空手着の上着を羽織った男は、俊也を素通しして後ろの空目へと、手を上げた。

「久しぶりだな、恭一君」

「お久し振りです」

空目はいつもの無表情で、その男を見上げた。

その俊也の叔父、空手師範の村神功は、その空目の素っ気ない挨拶に、何が楽しいのか満面に笑みを浮かべた。

＊

「何年ぶりかな、恭一君。高校に上がってからは会ってないだろ」

「四年と少し。中学から会ってません」

「ありゃ？　そうだったか？　成る程なあ。随分とこう、急にでかくなったと思ったんだ」

「……」

「美人さん連れてるじゃねえの」

「そうですか」

「ははっ、ガキの頃と一緒だよ。相変わらず愛想が無ぇなあ、おい」

「………………」

家の廊下を音を立てて歩きながら、空目の無愛想な受け答えに、呵呵と笑う功。

その後に続いて、俊也達はぞろぞろと、居間へ向かって歩いていた。

空目と功の会話を、亜紀が呆れたように眺めている。あやめは豪放な功に怯えたか、普段以上に離れて付いて来ている。

「………………」

俊也はその状況を、微かな苛立ちを感じながら眺めていた。

というのも、俊也はこの時間を確実に無駄なものだと思っていたからだ。

俊也達は、ここに羽間の伝承の類について調べに来ていた。しかし、そんなものは電話でも済む事であって、わざわざ皆でここまでやって来たのは、電話に出た功が気まぐれを起こしたせいだった。

『おお、恭一君がいるのか。懐かしいな』

功は言い出したのだ。

『羽間の昔の事が聞きたいのか？　俺でよければ相手してやるよ。どうせ休みなんだからウチに来い』

『……はあ？』

『恭一君にも会いたいしな。詳しい話をするなら電話よりいいだろ』

その時は、それでもいいかと思ったのだ。

話を聞こうと思っていた神主は俊也の父親の方だが、この叔父も妙なところで博識だった。それに空目に会いたいという功の言い分も、解（わか）らなくは無い。

だから俊也達は応じ、ここまで出て来た。

しかし今は、状況が変わった。

できるだけ早く、学校まで戻る必要があるのだ。今こうしている間も、武巳達が余計な事に首を突っ込み、危険な事にならないとも限らないのだ。

余計な時間は取りたくなかった。

できれば自分だけでも戻りたかったが、自分では〝怪異〟に対して役に立たない。

それに、その間に空目に何かあっては、元も子も無かった。結局、俊也はこうして焦（じ）れるしか無い。

『いつ何が起こるか判らないが、恐らくは大丈夫だろう』

道中に、空目は言っていた。

もちろん俊也は根拠を訊ねたが、空目は目を細めただけで、答えなかった。

理由はあるが、言う必要は無い。そういう空目の態度だった。だがその空目の反応が、俊也の不安を無意味に拡大させた。

それに俊也は、そもそもこの調査に意味があるとは思っていなかった。

時間の無駄だと、そう思っていた。

間違い無く空振りに終わると。俊也は正直、自分の家から何がしか重要な手掛かりが出て来るとは、到底思えなかったのだ。

ところが――――

「ああ、『宮司様』だろ？　知ってるよ」

居間に座って最初の空目の質問に、功はあっさりとそう答えた。

その至極当然とでもいった調子の答えに、俊也は驚愕に近い衝撃を受けた。

「――――はあ!?　初耳だぞ？」

俊也は声を上げる。

「叔父さん、そんなこと今まで一度も言わなかったじゃねえかよ」

「何だそりゃ？」

功は俊也の反応に、不可解そうな表情で眉を寄せた。

「言わなかった、って、今までそんな話、一度だってする機会なかったろうがよ。普通するような話じゃねえだろうし。俺だってお前の曾じいさんから聞いた事あるだけだぞ」

「それにしたってよ……」

何か納得のいかない俊也を置いて、空目が功に訊ねた。

「で、その『宮司様』というのは？」

「ん？　あー、ありゃあな……」

功は髭の残る顎に手をやり、記憶を探して言う。

「なんつーか、この土地独特の祈禱師だったらしいんだな、『宮司様』ってのは。普通の寺も一応は山の方にあったんだが、檀家制度――寺請制度だったか？　あれで人別帳管理してるだけの有名無実で、この辺りの祭り事は実質『宮司様』がやってたらしいんだな。

昭和の頭にこの神社はできたんだが、その時の神主は随分苦労したらしくてなあ……こっちは国威を背負って来てるのに、土着信仰が強くて、住民が少しも懐かなくて大変だった、てな感じの話をそいつの曾じいさんから聞かされた事があるぜ。まあ今は廃れて無くなったみてえだが、年寄りは知ってるんじゃねえの？　試しに誰か年寄りが居たら、捕まえて聞いてみりゃいい」

「…………」

功の『宮司様』に関する説明は、このような感じだった。

昔、この羽間村と呼ばれていた地域には一種の土着信仰があって、神道あたりの系譜を組むと思われる、羽間の山を祭り、山の神を奉ずるものだったという。信仰の中核になっていたのは『宮司様』と呼ばれる祈禱師。祭りや冠婚葬祭、その他の祭り事は全て彼等(かれら)が取り仕切っていたという。

その『宮司様』は何か問題が起こるたびに地元民から頼られ、祈禱や占いを行っていた。

それだけなら昔は各地方にそういうものが普通にあり、別段特殊なものとは言い切れないのだが、羽間の『宮司様』は土地の分限者、有力者を兼ねていて、三つほどの家がその役についている世襲だったため、土地において極めて強い力を持っていたという点が、他の土着宗教とは若干状況を異にしていた。

この事情により『宮司様』を中核とした〝信仰〟、あるいは〝民俗〟は強固で、かなり排他的な性格を持っていたらしい。

だが二度の世界戦争が起こり、国家神道、総動員、敗戦や町村の統廃合などの外圧に晒されるうち、いくつかあった『宮司様』の家が没落し、また住民も入れ替わって、民俗が失われて今では『宮司様』という信仰形態は消えてしまったのだという。

「まあ羽間山もろとも羽間市に組み込まれたのが、トドメだったんだろうなあ」

　功は言う。

「あの西洋趣味の街が中心になっちまって、街がそっくりあんな感じになった。挙句に山が開発されてデカイ学校が建った。そうなりゃもう山の神様どころじゃねえわな」

　そう締めくくる。もっともな話だ。だが俊也達は、別の話を知っている。

　その山の神に呪われたかのように、いま学校を〝怪異〟が侵蝕している。その神の棲んでいた山の〝怪異〟であったあやめが、まさにここに居て、山の神への信仰を消し去った本丸である神社の建物を、きょときょとと見回している。

　その姿は、どうやら功の目には入っていない。

　ただの一度も、功はあやめに目を向けていない。

　そんな功の話が終わると、空目はふむと頷いた。

　そして呟く。それを聞いて功は、不思議そうに訊き返した。

「そうか……やはり『宮司様』は、いざなぎ流の『太夫』のようなものか」

「いざなぎ？」

「朝にも恭の字が言ってたの、聞いた気がするね。それ」

　亜紀が言う。

　俊也も聞いたのは二度目だ。空目は朝に資料の中にある『宮司様』の記述に触れた際も、その『いざなぎ流』という言葉を口にしていた。

「……ん？　ああ。いざなぎ流というのは高知県の物部村という土地に伝わる、祈禱師を中心にした民俗宗教だ」

空目は答えた。

「いざなぎ流は陰陽道がベースになっていると思われるローカルな宗教で、日本中で物部村にしか存在しない。この土地では『太夫』と呼ばれる祈禱師が、各種宗教儀式の中心になっている。『太夫』は病気などの害が起こると雇われて、村人のために祈禱や占術を行う。つまり羽間の『宮司様』も、そんな土地の祈禱師ではないかと俺は想像していた。実際その通りだったようだ」

「ああ、なるほどな」

空目の説明に、功が頷く。

「だが、そんな四国の難しい話なんぞ例に出さんでも、昔は『疳の虫を払う』とか『キツネを落とす』とかいう拝み屋が町に一人や二人いたもんだが？」

功は言った。

だが見回し、反応の無い皆を見ると、

「――――つっても、お前らの年じゃ知らねえか。俺はじいちゃん子でな。そういう話を散々聞かされたし、実際に祭りだ祈禱だに連れ回されてた。まあ聞き流してくれ」

そう言って大袈裟に肩を竦め、テーブルに置かれたお茶を音を立てて一口啜った。

空目はその間にも、視線を俯けて考え込んでいた。謎だった『宮司様』についてあっさりと判明した今、次の事へと意識が向いているのだろう。

だが俊也の中では、新発見の感慨など無かった。

俊也の中には、元の焦りと不安が蘇っていた。

ずっと、俊也は嫌な予感がしている。

考え過ぎだろうが、根拠の無い不安が、常に意識に張り付いている。

「空目」

黙って考え込む空目を、俊也は呼んだ。

空目は反応し、顔を上げて俊也を見る。そして俊也の意図を受け取ったのだろう、応えて小さく頷いた。

「……そろそろ戻らなくてはな」

そして、空目は腰を上げる。

俊也と亜紀も続く。功が腕組みして、呆れたように言う。

「おう、そうかそうか。お前は相変わらずガキのくせに忙しねえなあ」

「最後に一つだけ」

そんな功に、空目は断りを入れると、最後の問いを口にした。

「話からすると『宮司様』と言われていた家が消えたのは、そう昔の事では無い？」

「あ？　まあ戦中戦後は昔じゃねえのか、つったら、それほど昔でもねえが……」

「その『宮司様』の家がどこか、聞いた事は？」

「んー？」

空目の問いに、功は首を傾げる。俊也はハッとする。つい古文書に書かれているような昔の事を話していた気になっていたが、そうではない。功は生き証人から直接話を聞いている。その程度には最近の話なのだ。

実地で話しているなら、普通は家の事は苗字で話す。家の名前が判れば手掛かりになる。聞く限りでは、家名が口にされないような秘された信仰とは思えなかったし、そうだったならそれで、また別の覚悟が決まる。

「ああ」

功は答えた。

「言ってたな。たしか────『三塚』と、『大迫』だったかな？」

「……大迫？」

どこかで聞いた苗字に空目の眉が寄り、皆の表情が嫌な予感に強張る。

「それともう一つ、妙な名前のがあったな……」

「………………」

皆の嫌な沈黙の中、功は言った。

「ああ、『吉相寺』だ」

「！」

その名が出た途端、俊也は思わず空目に目を向け、同じように驚いて空目を見た亜紀達と、それぞれ顔を見合わせた。

3

亜紀は言う。

「……本当に良かったの？　恭の字」

それに対する空目の答えは、素っ気無かった。

「予定の通りだ」

「そ」

亜紀はその返事を聞いて、視線を空目から窓の外へ向けた。駅から学校に向かう、スクールバスの中。休校時の運行でガラガラに空いた車内で、亜紀達四人は最後尾の席に陣取って、並んで静かに座っていた。

「………………」

四人は口数少なく、ただ座っていた。

バスの中にはエンジン音と、車体の軋（きし）む音ばかりが響いている。

亜紀とは反対側の窓際で、やはり村神が窓の外を見ている。外の景色は市街の景色が途切れて、山へ近付いている事が判る。

――『吉相寺』だ。

あの功の言葉の後、亜紀達は村神家を出た。

その駅に向かう道すがら、亜紀達は軽い言い争いをしていた。

争ったのは主に亜紀と俊也で、内容は〝この先どうするか〟というものだった。亜紀はこのまま空目の母親の家へ向かい、『宮司様』について調べるべきだと主張したのだ。

空目は歩きながら、携帯で母親の家に確認の電話を入れていた。

しかし電話に出た空目の祖母は、『宮司様』という言葉を聞くと、ただ「それの事はちゃんと顔を合わせて話しましょう」と答えたのだ。

その返答と態度は、明らかに奇妙だった。空目は祖母の家が昔は『宮司様』と呼ばれていたのかどうかと確認しただけだ。昔がどうあれ、肯定か否定かすればいいだけなのに、空目の祖母は言葉を濁して、それがいかにも深刻な話であるように、電話越しに話をする事を拒否したのだ。

不審さが、一気につのった。

それは単に空目の祖母個人の問題なのかも知れないが、少なくとも『宮司様』と、空目の母親の家との関係は濃厚になった。

そして、そこから例の主張になる。

亜紀は祖母の気が変わる前に家に行き、この問題に白黒つけるべきだと言ったのだ。情報は重要だ。

『反対だ』

だが村神は、それに反対した。

『近藤達を放置し過ぎだ。この間に何かあったらどうする？　見殺しにする気か？』

『そういうつもりは無いけどね。恭の字も平気だろうって言ってたし』

『そう言って、何かあったらどうすんだ？』

「……」

珍しく強い村神の物言いを聞いて、そのとき亜紀は、自分の眉が釣り上がるのを感じた。

何か理不尽に自分が非難されている気になって、一気に反発の感情が湧いたのだ。それで少しばかり言い合いになった。互いに声を荒らげて睨み合ったが、結局空目が学校に向かう事を宣言して、それはお開きになった。

亜紀は自分の大人気無さに軽い自己嫌悪を起こしたが、それにしても村神の過剰反応ぶりは気になった。いくら友人の事とはいえ、何と言っても寡黙な村神が、そこまでムキになって反応する事では無いと思ったのだ。

確かに亜紀の主張の半分くらいは、亜紀自身の好奇心だった事は認めよう。それで稜子や武巳の置かれている状態を、軽視してしまったのも認めよう。だが同時に純粋に、空目の心中を思っての言葉でもある。あの母親に関する事で、そのうえこれだけ重大な手掛かりなら、空目自身も決して、全くの冷静でいられる訳では無いだろうと思ったのだ。

だから言ってみた。

だが村神は、それに過剰な反応をした。

明らかに、村神の様子はおかしかった。亜紀の見る限りでは、だんだんと時間が経つごとに少しずつ冷静さを失っている。

寡黙で、怒りが低い方向に向かうのが普段の俊也だ。

だが、このところの村神は妙に饒舌というか、頻繁に口を出す事がある。

亜紀の観察では、村神は不安がつのるとそういう反応をする。不安が抑えきれなくなると、村神は口を開くようになる。

よく吠える犬は——か。

亜紀は辛辣な言葉を思い浮かべた。

妙なところで村神という人間の本質に触れた気がしたが、よりによって今、この反応は危険だった。自信を失っているのだろうが、これから〝怪異〟に一矢報いるため行動を起こそうというのだ。そんな状況で余計な不安を抱えているのは、邪魔だし、危険だ。

指摘してやろうかとも思ったが、やめた。

もし自分の立場だったら、実にプライドが傷付くからだ。

自我が傷付くのが、亜紀は一番嫌いだ。だから亜紀は他人のプライドに触れるのにも、最初の一歩は二の足を踏む。

「…………」

窓の外を、亜紀は眺める。

夕刻の近くなった景色は、既にすっかり山のものだ。

車内の照明によって、窓にうっすらと自分の顔が映っていた。その顔は何があった訳でも無いのに、妙に疲れて見えた。

そして——やがて亜紀達は学校へ着く。

武巳達の見付け出した、〝怪異〟について話を聞くために。

武巳達のために、亜紀達は戻って来た、その筈だった。

しかし、そんな当初の目的は、亜紀達が学校前のバス停に降り立った時、その人物の出現と共に危機に立たされたのだった。

「きみが、空目恭一君だな？」

その男は、学校の正門に入ろうとした亜紀達の前に、現れた。

正門脇に停められた黒塗りの車から、男は空目が来るのを待ち構えていたように、四人の前へとやって来た。

黒々とした髪を一分の隙も無く固めた、何か形容しがたい若々しさを持つ老人だった。その偉丈夫とも言える男が近付いて来た時、亜紀や俊也が訝しむより先に、空目がすん、と一度鼻を鳴らして、目を細めて男を見やった。

空目は、男にこう問うた。

「お前は──────何だ？」

「…………」

男は空目の前に立ち、ただそうしているだけで威圧的な瞳で、空目を見下ろした。

そして同様の気配を持った張りのある声で、亜紀達に向かって言った。

「私を知らんか。それに口の利き方も知らんようだな」

「……？」

亜紀は、その声に微かな引っかかりを憶える。

どこかで覚えのある声だったのだ。

男が言った。

「まあいい。私は、この学校の理事長を務めている者だ」

「あ……」

男の答えで、亜紀は思い出した。

理事長というと一度は式典で見ている筈だが、顔は憶えていない。亜紀のように他人への興味が薄い人間は、壇上の人間の顔などまともに見ていないからだ。

しかしそんな中でも、勝手に耳に入って来る声には憶えがあった。

壇上で話す事、人前で演説する事に慣れた、自信と威厳に満ちた声。

空目も俊也も、亜紀と同じく理事長の顔など憶えていないようだ。そして声にピンと来る事も無かったようで、ただ不審の表情で老人の顔を見返していた。

しかし空目の不審は、他の誰とも理由を異にしていた。

空目は言った。

「そんな肩書きはどうでもいい。それよりも、あんたのその〝匂い〟は何だ？」

「……？」

一瞬、亜紀もその意味を計りかねた。

「匂いだと？」

「あんたの纏わり付かせている、その妙な〝匂い〟だ。それはこの世のものじゃない。あんたは何かに取り憑かれているか、そうでなければ〝化物〟か〝魔術使い〟だ」

「！」

空目がそう言った瞬間、村神が半歩出て身構え、亜紀は心持ち理事長から距離を取った。じっと理事長を見る空目の脇に、あやめが立つ。あやめは普段のおどおどした態度が鳴りを潜め、どこか緊張した表情で、理事長を見上げている。

「……面白い事を言うな。きみは」

理事長は冷たく目を細めた。

「侮辱かね？　私からどのような匂いがするのか、言ってみなさい。答えによっては考えがあるぞ」

そして空目に歩み寄ると目の前で足を止めて、恫喝的に空目を見下ろした。

張り詰める空気の中、空目は無感動に理事長の顔に目をやる。

そして答えた。

「冷たく湿った、腐った土の匂いだ」

「なるほど」

そう空目が言った瞬間、理事長の唇が、笑みの形にめくれ返った。

「いいだろう。見る限り修行を積んだ者では無いようだが、確かに素質はあるようだな」

「!?」

その理事長の台詞に、皆は驚いた。

「だが、訂正しておく。私は〝魔術師〟ではなく、正確には〝祭司〟に近いものだ」

「………………!」

理事長の声と体軀(たいく)から発散される威圧的な気配が、その言葉を皮切りに急激に濃度を増していった。

空目は首を横に振る。

そして言った。

「さほど変わらん。〝秘儀の祭司〟とは魔術師を指す言葉だ」

それは亜紀には理解できない種類の台詞だったが、ただ一つだけ門外漢の亜紀にも、この理事長があちら側の人間だという事は理解できた。

「空目恭一君」

正門前に広がる張り詰めた空気の中、理事長はその精気の強い顔に笑みを浮かべた。

「少し時間を貰う。きみに話したい事があるのだ」

「空目、耳を貸すな」

村神が、低い声で空目に言う。

理事長は、そんな村神に目をやった。そして自分を睨み付ける村神をしばし眺め、目を細めて言った。

「……貴様には何も言っておらん。一見良い番犬のようだが、残念ながら〝真の世界〟を見る目も抗する牙も持ってはおらんようだな」

「何……？」

「精神世界への思索も感受性も無い。我々からは無力だ。駄犬め」

「…………！」

村神の表情が、その言葉に強張る。

動きの止まった俊也を見て、亜紀は悟った。この男は、確かに〝魔術師〟なのだ。

──魔術師の言葉に、耳を貸してはならない。

その警句の通り、力ある言葉を使うこの男は〝魔術使い〟なのだ。

村神を沈黙させ、ふん、と鼻を鳴らした理事長は、空目に向き直った。そして険しく眉を寄せる空目に、元の本題を再び切り出した。

「……さて、先程も言ったが、私はきみに話がある」

　理事長は言った。

「重要な話だ。勿論きみの成績の事でも、学校生活の事でも無い。そんな下らん話は教師共にやらせておけばいい。そんな話をしに来たのでは無い」

「………だろうな」

　空目は理事長を見上げる。

「きみのお婆さんから連絡を受けて、きみを待っていたのだ。話したいというのは他でも無い、きみのお母さんの家の事、そして私ときみとの事だ」

「……！」

　その理事長の言葉は、その場の皆にそれぞれ衝撃を与えた。

　空目の祖母と、この男が知り合い？　亜紀は、空目の横顔を見る。

「初耳だな。学校の理事長と祖母が知り合いとは」

　空目は表情も変えず、ただ淡々と言った。

「祖母だけでは無い。きみの先祖と私の先祖は、脈々と知り合いだ。同志と言ってもいい」

「……そうか」

　空目は軽く、溜息を吐いた。

「考えてみれば学校の理事長の名前なぞ、まともに憶えていなかったな」

その空目の言葉に、理事長の口元が歪んだ。

そこに至って、ようやく亜紀の記憶も繋がった。

学校の理事長の名前など、今の今まで忘れていた。うろ覚えの記憶では、確か理事長の名前は――――

そう。

三塚といった。

分限者ばかりだったという、『宮司様』の家。

そして土地の素封家が理事に名を連ねる、この学校。

考えてみれば、当然とも言える話だった。一同の間に、数秒の沈黙が広がった。

「……一つ、訊いてもいいか？」

空目が、口を開いた。

「よかろう。一つくらいなら許してやる」

「『宮司様』のもう一つである『大迫』は、あの大迫栄一郎や、ミナカタ先生の家か？」

「そうだ」

肯定する理事長。

「！」

「彼の一家は可哀想な事になったな。まあ、今更どうでもいい事だ」

理事長の答えに、皆に緊張が走る。

「彼、大迫摩津方と私とで、この学校を作った。そしてきみは知らなかっただろうが、学校の土地、山は、元々きみの母親の家、吉相寺の持ち物だ」

理事長は言う。

「だが君の母親は狂い、摩津方の一族は絶えた。最早一刻の猶予もならん。その事で君と話がある。来るんだ」

そして理事長は、空目を見下ろす。

沈黙が降り、やがて空目が口を開いた。

「……話は分かった。だが今日は用がある。日を改めて欲しい」

空目は言ったが、理事長はそれに対して不愉快そうに首を横に振った。

「駄目だ。今からだ」

交渉の余地は無いと言わんばかりに、空目の言葉を一蹴した。

「場所を変える。車に乗るんだ。若造」

完全な、命令だった。

理事長は、一同を睨め回す。

「そこの番犬も同席して構わんぞ。それから、そこの人間でない娘も一緒に来い」

村神に、そして見えない存在である筈のあやめにも、理事長は当然のように目を向けた。

理事長は脇にある高級車を顎で示し、次についでとばかりに亜紀を見る。

「きみも来るか？　構わんぞ？」

「……」

亜紀は、とりあえず睨み返す。

また、しばしの沈黙が降りる。

「……わかった。行こう」

空目が答え、理事長は満足そうに鼻を鳴らして頷いた。

そして顎で一同を促し、数分後には黒塗りの車が、五人を乗せて、学校の敷地から走り去っていた。

4

長い、ひたすら無言の運転の後、ようやく車は目的地に着いた。

そこは羽間市の東に位置する郊外の高台で、携帯の電波すら殆ど届かないような何も無い場所に、ただ駐車場がある、ささやかな展望台と言える場所だった。

理事長が車を止めて、促されて外に出ると、亜紀を出迎えたのはすっかり日の落ちた、雲に覆われた夜の空だった。そして見渡す限り車の無い駐車場と、その端の柵の向こうに広がっている、羽間市の広大な夜景だった。

村神が、空目が、あやめが、車を降りた。

車のドアを閉める音が、だだっ広い駐車場に響き、理事長が運転席から立ち上がって、最後のドアを閉じた。

かけっ放しのエンジンが、低い音を立てている。

車のライトも消されて、ただ夜景の光だけが見える展望台で、亜紀達と理事長は、闇の中で向かい合った。

「────さて」

夜景を背に、理事長が口を開いた。

「ここならばゆっくりと話ができるな。絶好の景色だ。そして静かだ」

輪郭ばかりがはっきりと見える理事長は、周囲の景色を誇示するように、軽く両腕を広げて見せた。

「こんな所に連れ出して、どうするつもりです？」

まず、亜紀が口火を切る。周囲は闇に包まれ、人家も無い山の中。もし亜紀一人で付いて来たのなら、殺されても文句は言えないような場所だった。

亜紀は、皮肉を込めて言った。

「……未成年者の誘拐ですか？　理事長先生？」

だが、そう言った瞬間だった。

「口の利き方に気を付けろっ！」

理事長の表情が豹変し、凄まじい声で亜紀を怒鳴り付けた。

「愚か者め！　私は〝祭司〟だ！　私の行いをそんな俗事の言葉で言い表すな！」

「な……!?」

突然豹変した理事長の態度に、亜紀は唖然となった。

「私を教師の同類だとしてものを言っているのか？　ならば今すぐやめろ！　私の行いをそこらの教師共と一緒にするな！」

理事長は叫ぶ。

「虫唾が走る俗物共め、聖職者などとは名が泣く！　真の聖職者とは私のような〝祭司〟の事を言うのだ！　愚物め！　これが必要な役目でなければ、あのような塵芥共とは関わりたくも無いわ！」

亜紀はその異様な言い分に、思わず理事長を見返していた。

「私は〝祭司〟だ……！」

理事長はぶるぶると震えるほどの怒りで血の気が引き、顔が真っ白になっていた。そして震える唇の端に歯が食い込んで、ぶつっ、と音がするかと思うほど、強く噛み破られた。口の端から、涎混じりの血が伝う。だがその瞬間、理事長の表情が瞬時にして、すっと静かなものに変わり、ぴたりと怒鳴るのをやめ、動きを止めた。

「…………」

瞬時に理事長の顔から、表情が抜けていた。

そして目の焦点すら合っていない顔で、口の端に流れる筋を、親指で拭い取った。

しばしそれを、ぼんやりと見詰める。やがて唇の間から赤黒い色の舌を出して、ぞろり、と指に付いた血をねぶり取ると、理事長の顔に表情が戻り、先程の怒りなど無かったかのように笑みを浮かべた。

異様な一人芝居。

その光景に、一同は戦慄した。

理事長はそんな亜紀達の様子を余所に、ゆっくりと皆に背を向けた。その影になっている背中が闇の中で異様な気配を発散していたのは、先程の理事長を見たがための、気のせいというばかりでは無いだろう。

「……」

無言の一同が見守る中、理事長は静かに闇の中で夜景を見ていた。

理事長は背を向けていたが、顔を見ずとも、気配だけで、亜紀は理事長が〝歓喜〟している事が感覚で判った。

「素晴らしい景色だろう」

やがて理事長は、背を向けたままで亜紀達に語りかけた。

「見なさい、この景色を。これが羽間だ。街があり、神在る山へと通じる、選ばれた聖なる土地だ」

誰も答えはしなかったが、理事長は淡々と、しかし熱に浮かされたような響きの言葉で、言葉を続けた。

「あの光の塊が、街だ」

理事長は言う。

「そして山へ向かうにつれて光はまばらになり、麓を越えて上へと昇り、最後に山中に見える光。あれが私達の〝学校〟だ」

理事長は歓喜を含んだ声で、目の前の光景を、ひどく詩的な言葉で語る。

しかし亜紀達は、夜景などには目を向けず、理事長の背中を警戒して見詰めていた。

何を言っているかなど、既に関係ない。ただこの異常な男とこんな場所にいる事が、不気味で仕方が無かった。

「私は、この景色を愛している」

だがそんな聴衆の様子など気にも留めず、理事長は続ける。

「私が、私達が、これを作った」

「……」

誇大妄想じみた言葉だ。歴史ある建物群を、この男が作った訳が無い。

だが亜紀の脳裏にはあの奇妙な景色をした羽間市を作ったのが、本当にこの男なのではないかという、得体の知れない疑念がよぎっていた。話を聞く限り、全くの間違いという訳では無い気もする。彼は羽間市の景色において重要な一角を為す、聖創学院大の管理者。そして間違い無く、市に影響力を持つ有力者だ。

この街に支配者と呼べる人物が居るとすれば、この男は少なくともそのうちの一人である事は確実だ。

それでも、彼の言いようは誇大だ。

だが思う。この男の様子を見ていると、もしかするとこの無駄な場所に作られた展望台も、彼、もしくは彼等が、ただ羽間市をこうして一望するためだけに作ったのではないかと。亜紀にそんな想像を起こさせるほど、目の前で羽間市の夜景を眺める理事長は、狂った支配者の威厳を発している。

「私は、〝祭司〟だ」

理事長は言った。

そして理事長は唐突に、空目の名を呼んだ。

「……さて、空目恭一君」

ようやく、理事長は、亜紀達の方を振り向いた。やっと闇に慣れた視界の中で、理事長は、ぷつりと血の痕がついた唇を、笑みの形に歪めている。

「空目恭一君。私はきみが小さな頃から、ずっときみを知っている」

そして言う。

「きみがこの学校に来てからも、きみの事は注目していた。きみのやっている事を、私は大体知っている。話というのは他でも無い。今きみが行っている、あまり褒められたものでは無い活動についてだ」

それは、まるで教師が生徒をたしなめる時のような前置き。

「きみが、そのすでに人間では無い娘を連れている時点で、きみの知っている事は大方見当が付く。きみが私の邪魔をしようとしている事も、私は知っている」

空目はその理事長の言葉を聞いて、訝しげに呟いた。

「……邪魔？」

「そうだ」

理事長は頷く。

「きみは友人を使って、私の〈儀式〉を探っているではないか。きみは私から〝人柱〟を奪う気だろう。その、人では無い娘のように」

理事長は笑みを消し、冷厳な瞳で空目を見やった。

「きみは吉相寺の者だ。その血に、それに足る素質がある事は判る。独学でそこまで〝本質〟に近付いたのも賞賛しよう。しかし興味本位で私の邪魔をする事は許さんぞ」

理事長の声が低くなる。

警告。闇の中で、理事長の気配が増す。

亜紀はそんな中で、理事長の言葉を反芻していた。

友人？　人柱？　亜紀は眉を寄せる。その仄めかしが何を指すのか、亜紀は考えたのだ。

だが、それらのキーワードに該当する事実は、一つしか思い付かなかった。それは今日の昼に、聞いたばかりの。

「まさか……」

亜紀は、思わず呟いた。

「それ、稜子と近藤が見付けて来た、〝怪談〟の事？」

「だろうな」

亜紀の囁きに、空目が答えた。

いま〝人柱〟という言葉で連想できるのは、どう考えても稜子達が報告してきた〝壁に塗り込まれた女の子〟以外に思い当たらなかったのだ。もちろん〝怪談〟に〝人柱〟という言葉は出ていない。亜紀達がその知識から〝人柱〟を連想したという事実があるだけで、それに合致するのは出来過ぎだが、それ以外に符合する情報を亜紀達は持っていなかった。

理事長は亜紀達の表情の変化を見て、静かに目を細めた。

「そうだ。あれは私の管理する『物語』だ。私の〈使役〉する人工精霊と呼んでもいい」

そして亜紀の想像を肯定するように、高らかに謳った。

「あれは我々が創り、〝祭司〟である私が祀り、管理している異界に属する『物語』だ。あれは学校を舞台とした〝人柱〟を暗示する人工の伝説であり、同時にアストラル界で動き続けている自動の魔術装置だ。あの〝壁の中の少女〟の話を知った者は、その中から素質ある者が自動的に選抜され、〝人柱〟として物語に取り込まれる。全ては我等の学校という場を維持し、神を祀るためのものだ。

私は『宮司』家の者として、古くより続くこの〈儀式〉を続けている。あの学校はそのために、我らによって作られた。本来ならばきみも吉相寺の者として、私に協力すべきだ。きみの祖母は役目から逃げ、きみに何も伝えなかったようだが、きみは自力で辿り着いた。これは運命だ。きみの宿命なのだ」

それは明らかに空目にのみ向けられた台詞だったが、その中には亜紀や村神にとっても、聞き捨てならない言葉がいくつも混じっていた。

亜紀が、村神が、思わず声を上げた。

「それって……！」

「おい、それは……！」

そこまで言ったところで、どちらの言葉も途切れた。いったい何から言葉にしていいのか判らなかった。それほど今の理事長の台詞は、何重もの意味で衝撃だったのだ。

「…………〝人柱〟、か」

少しの沈黙を置いて、空目が口を開いた。

「昨日行方を眩ませたという女子寮の子は、お前の仕業か？」

「その通りだ」

理事長は、あっさりと認めた。

「その子を、どうした？」

「殺した」

「……」

「全ては、必要な事なのだ。そして名誉な事なのだ。この学校を正しい形に維持し、山の神を鎮め祀る。これほど名誉な事があるだろうか」

ひどく落ち着いた、狂った理事長の台詞。

「きみには黙って私に協力する義務、いや、名誉がある」

「……」

「そして正しい知識を学び、『異界』を弄ぶ愚かな実験をやめたまえ」

空目を、そしてその傍らに立つあやめを見やって、理事長は言う。

「その人間では無い娘は、仕方が無いから見逃してやる。だが、これ以上『異界』を弄び広げるならば、私はきみを許さん。そうなると罰が必要だ」

「……！」

あやめが、空目の服の裾をぎゅっと握る。

「まずは、私の〈儀式〉を邪魔しないと、約束しなさい」

「……」

「多くとも数人で終わる。きみに害がある訳では無い。大人の邪魔をするものではない。血の使命に立ち戻り協力するならば、歓迎してやるぞ」

「断る」

空目はきっぱりと、そう拒否した。

「……きみは愚かな子供だ。何の得も無いぞ？　それどころか確実に害だ」

「それでもだ」

「理由を聞いてやろう。何故だ？」

「お前の言う『物語』を近藤と日下部も知った。そうなれば〝人柱〟の候補だ」

「！」

空目が言って、亜紀も気付いた。今の話の中で、そんな事は考えもしなかった。

理事長は空目の言葉を聞いて、意味ありげな笑みを浮かべた。

それは、明らかに肯定の笑みだった。

「この……」

がり、と歯の軋る音が、村神の口の中から聞こえた。村神は拳を、震えるほど固く握り締めていた。

「あれは、名誉な事なのだ」

理事長は、言った。

「あれほどの名誉は無い。誇るべきなのに、きみは拒否するのだな」

「…………！」

一気に緊張が高まる。たった今、この理事長も確実な敵になった。皆の睨み付ける視線の中で、理事長は陰鬱にも見える笑みを浮かべた。

「愚物め。だが、予想はしていた」

言うと、理事長は車へ向けてゆっくりと歩いて行った。その自信に満ちた足取りを、皆は警戒の思いで眺めていたが、はっと気付いた空目が、鋭く叫んだ。

「村神、あいつを止めろ！」

「……何？」

一瞬だけ、村神は反応できなかった。その間に理事長は悠々と運転席のドアを開け、そこでようやく亜紀も、理事長が何をしようとしているのかに気が付いた。

「置き去りにする気？」

「くそっ！」

村神が弾かれたように、運転席のドアへと走った。村神の卓抜した身体能力はあっという間に理事長との距離を詰めたが、村神が理事長を捕らえようと手を伸ばしたその瞬間、理事長はスーツの懐から何かを引き出した。

刹那、

「────動くなっ！」

理事長の凄まじい声が展望台の闇を振動させた。

村神の動きが凍り付いたようにその場に止まった。従ったのでは無い。怖気付いたのでも無い。亜紀もそうだったからだ。金縛りだった。一瞬で身体の内側の体組織を石製のものに入れ替えられたように、身体が固まって自由が利かなくなった。

「ぐっ！」

村神が呻く。亜紀が焦る。意識のあるまま、身体が彫像になったような感覚。

理事長は村神に、懐から引き出した物体を突き付けている。それは白い石を削って作ったと思しき円盤で、その表面には複雑な図形と読解できない文字列。一目見て『魔術』に関わるものだと判る。

数秒だった。数秒で身体を襲った感覚は、錯覚のように消えた。

だが充分に致命的だった。

「ふはっ！」

理事長は歪んだ笑いを発して、車の運転席に滑り込んだ。

「きみ達は子供に過ぎん。たったこれだけで何もできなくなるのだ」

そう言って笑うと音を立ててドアを閉め、エンジンをかけっ放しにしていた車を急発進させた。タイヤを軋ませ、車は凄まじい速度で駐車場から走り去る。ヘッドライトの強い光が急速に遠ざかり、後には闇と、そして何もできないまま呆然と立ち竦む、四人だけが山の上に残された。

「…………」

しばし、沈黙が広がった。

がらん、とした何も無い空間に、急に寒々とした風が吹いた。

空目が、凄まじい目付きで虚空を睨み付けていた。珍しく怒りの籠った表情。理事長の意図に気付き損ねた自分に、腹を立てているのは間違い無かった。

あやめが、不安そうな表情で空目の上着を掴んでいる。

亜紀はその様子から視線を引き剝がし、村神に目をやる。

村神は理事長に振り切られた場所に、微動だにせず立っていた。亜紀はそんな村神に近付いて、声をかけた。

「……どした？　大丈夫？」

返事は無かった。

村神は下を向いて、額にびっしりと汗を浮かべていた。

「村神？」

「─────う」

「え？」

「─────畜生……っ！」

大丈夫そうだ。精神状態以外は。

皆が冷静さを失っている中、亜紀はかえって冷静になっていた。状況を確認し、何をすべきか考える。理事長は初めから稜子や武巳に害意があり、そして空目との話し合いが決裂した時に、速やかに置き去りにするため、四人をここまで連れ出したと見て間違い無い。

とはいえ置き去りにされたとしても、いずれ亜紀達は戻る。

海の孤島では無いのだから、時間をかければ徒歩でも戻れる。電波の届く場所まで戻ればタクシーだって呼ぶ事ができる。

という事は、考えられる事は。

理事長は、今日中に二人に何かするつもりなのだ。

急いでどうにかしなければ。

亜紀は空目を振り返り、声をかける。

「恭の字」

「ああ、判っている」

空目は周囲の闇のように静かな声で、亜紀に答えた。

「急いでここを降りよう。それと近藤と日下部に連絡だ」

「そだね」

考えていた事は同じだった。亜紀は、少しだけ安心する。もしも空目までが冷静さを失っていたら、どうしようかと思ったのだ。

「村神はどうだ？」

「怪我とかは無さそう。心の方は――一応正気だと思う」

空目の確認に、亜紀は思った通りを答える。

「そうか。やられたな。これほど村神が〝影響〟されていたとは思わなかった」

空目は言う。

「影響？　何の？」

「『魔術』に関わり過ぎた。少しずつ魔術や怪異に対して恐怖感が蓄積したんだろう。恐らくそこを突かれた。あの理事長は相当に卓抜した〝魔術師〟だ」

空目は、理事長の車が消えて行った闇を睨む。

「理事長が懐から出した物を見たか？　あれは『円盤（ディスク）』。〝魔術武器〟だ」

「魔術、武器？」

「西洋魔術師が『魔術』を行使するに当たって、象徴とする道具だ。魔術師が個々で自作し、魔術儀式にはそれを使用してイメージ喚起の助けとする。火風地水に対応していて、それぞれ『短杖（ワンド）』『短剣（ダガー）』『円盤（ディスク）』『杯（カップ）』が使われる」

「やっぱり〝魔術師〟なの？」

「ああ、理事長は確実に、〝地〟を象徴に魔術の修練を積んでいる。魔術師は〝魔術武器〟を手にした時、条件反射で精神を『魔術』に適した状態に変容させるように訓練するという技術の階梯（かいてい）がある。理事長はそれを利用して村神を止めたんだろう。村神の中に『魔術』に対する畏れが高まっているのを見て取り、さんざん言葉で揺さぶりをかけ、その上で〝魔術武器〟を突き付けて、魔術的な精神高揚状態で一喝した。

要するに、自分と相手に同時にかける一種の暗示のようなものだな。相手には畏れを刷り込んで暗示的なものに掛かり易（やす）く誘導し、自身には魔術行使時の精神状態を励起させるので言葉に〝力〟が宿る。ひとたまりもない」

空目は、闇に立ち尽くす村神を見やる。

「もしかすると、しばらく使い物にならんかも知れんな」

「どうする？　恭の字」

亜紀は訊ねる。

「とりあえず、ここから降りよう。とにかく、戻らなければ話にならない。間に合えばいいがな。近藤と日下部が持ちこたえてくれればいいんだが」

「……難しいね」

空目の答えに、亜紀はきゅっと唇を噛む。

暗い駐車場に一陣の風が吹き、あやめが臙脂色のケープを押さえた。そして吹きすさぶ夜風の中を、一同は動き始め、どこまで降りればいいかも判らない闇の中、四人はただ無言で、ひたすら麓へ向かって歩き始めた。

四章　土の中に

1

急に厚く曇り始めた空が、いつもより少しだけ早く、羽間市の日を落とした。

そのまま時が過ぎ、様相も時間もすっかり夜になった女子寮の自室で、稜子は一人ベッドに転がって、枕に顔を埋めていた。

「…………」

稜子は一人、物思いに沈んでいた。

今、この部屋には稜子一人しか居なかった。部屋に戻った稜子を待っていたのは、稜子の机の上に置かれた、希の書置き一枚だった。

『よっしーの部屋に泊まる。寂しくて泣かないように』

どうやら希は休校を良い機会だと、友達の部屋に泊まり込む事にしたらしかった。それを見た時、正直稜子は少しだけ泣きたい気分になった。今は例の〝怪談〟について関わっている最中。なので、希が居る事に、少しどころではなく期待していた部分があった。

遙から聞いた〝壁の中の少女〟の怪談は、武巳によると、稜子が確信していた通り『本物の可能性大』というお墨付きを空目から受けたという。だがそれと同時に『稜子達自身の感染の可能性』が示唆されて、そんな事を考えてもいなかった稜子は、今になって落ち着かない気分になっていた。

ルームメイトの希が居れば、確実に気は紛れるだろう。

しかしどうやら、今夜は一人で過ごさなくてはならないらしい。

肝心な時に居ない希を恨みながら、稜子はベッドに突っ伏していた。そして何か本を読もうとして集中できずに諦め、ともすれば部屋の壁に向かおうとする妄想と戦いながら、こうして一人で過ごしていた。

あれから、稜子達は空目に待機を命じられていた。

遙を寮に送り届けた後、再び武巳と合流した時に、稜子は武巳から空目とのやりとりの内容を伝えられたのだ。

深入り禁止と言われても、稜子としては遙と、そして消えた西由香里を、早くどうにかしてあげたいと思った。稜子は心の中で待機命令に反発したが、しかし稜子と武巳では、これ以上調査を進める事ができなかった。

いろいろ考えたが、手掛かりは止まっていた。

武巳と二人でしばらく話し合ったが、結局事態は進展せず、空目を待つ事になった。

それはそれで、仕方が無かった。ただ、それとは別に気になったのは、武巳と再合流した時に、武巳の様子がおかしかった事だ。

顔色が悪く、態度もおかしかった。

何かを隠している素振りもあった。

ただ、稜子も人の事は言えないので、あまり問い詰める事はできなかった。空目との電話で何か稜子には秘密の内容があったのかも知れないが、武巳の様子を見るに、そういうものでも無さそうだった。

遙も、武巳も、心配だった。

何かが起こっているような気がするが、稜子ではこれ以上先に進めなかった。

それに、稜子の調子もあまり良くなかった。時々起こる偏頭痛は今も起こるし、時には気を抜いていた時など、ぼーっとなって、記憶が飛ぶ事もあったのだ。

風邪かと思ったが、何かが違う。

意識だけが、何か妙に疲れているような感じだ。

もしかすると、昨日から〝怪談〟を調べるのに根を詰め過ぎたのかも知れない。あり得る話だ。少し早いが、今日はもう休んでしまおうか。

明日になれば、空目が来てくれる。

そうすれば状況が変わる。

気を抜いた稜子は、深い溜息を吐いた。

「はあ……」

「……お風呂、行こっかな」

そして誰も居ない部屋で、稜子は一人呟いた。

一人での入浴は止められていたし、稜子自身も一人は嫌だったのだが、一緒にと思っていた希が居ない以上、残念ながら仕方が無かった。明日も皆に会うのだ。行かないで済ます訳には行かない。

浴場に行けば一人くらい、誰か居るだろう。

稜子はのろのろと、着替えや洗面具を物入れから取り出した。

そして入浴道具一式を抱えて、空気の冷たい廊下に出る。ドアと鍵を閉め、歩き出す。

そのため――――そのとき入れ違いに部屋の中で通知音を鳴らした携帯に、稜子が気が付く事は無かった。

＊

稜子が脱衣場に入ると、浴室に先客が居る様子があった。

あ、良かった……。

安心した稜子が服を脱ぎ、浴室に足を踏み入れると、当てにしていた先客の子は、稜子と入れ違いに出て行く所だった。

「あ、稜子ちゃん。お先ー」

「あ……うん」

入浴後の幸せそうな顔をした顔見知りの子が挨拶して、入口の所で稜子とすれ違い、浴室を出て行った。その子が出て行った後の浴室は誰も居らず、稜子はタオルで前を押さえた格好のまま、当てが外れてその場に立ち尽くした。

「あ……」

背中で、脱衣場とを仕切る戸が音を立てて閉まった。

思わず振り返った稜子の目に映ったのは、無常に視界を遮る擦りガラスだけだ。

石タイルの張られた灰色の浴室に、稜子は一人取り残される。浴槽から上がる湯気は冷たい空気を微かにけぶらせていて、湯気と石鹼の香りがする浴室の、がらんとした空間を強調している。

「…………」

何とも、タイミングの悪い事になってしまった。

湯気の立ち込める浴室で立ち尽くし、稜子はその時、しばし迷った。

しかし、いつまでもこうして迷っている訳も行かず、稜子は仕方なく、蛇口とシャワーの並ぶ洗い場に向かった。服を脱いでここまで来ておいて、今から脱衣場に引き返すのは、どう考えても変で、いかにも間が抜けていた。

ここまで来ては、もうどうしようも無い。

稜子は蛇口の前の椅子に座り、持って来たシャンプーなどを置いて、お湯を流す。

とにかく手早く済ませて出てしまおう。そうすれば大丈夫だ。何も無い筈だ。

そんな事を考えながら、お湯が小さな洗面器を満たして、溢れて行く様子を見詰める。そしてお湯で一杯になった洗面器にタオルを浸けて、カランからシャワーに切り替えて、髪を洗う準備を整えた。

シャンプーをすると髪の汚れが体に流れるからと、最初に頭を洗うのが稜子のやり方だ。だが稜子はこの時、シャワーから出るお湯を体に浴びながら、それを頭から浴びる事に、躊躇を覚えていた。

いつもやっている事なのに。

ずっとやっていた事なのに。

だが。

あの〝怪談〟の舞台は――――まさしく、〝これ〟なのだ。

「………………」

稜子は、躊躇った。

そして、そうこうしているうちに着替えが終わったのだろう、戸の向こうで、お風呂で入れ違いになった子が、脱衣場から出て行ってしまった。

完全に人の気配が無くなった。本当に誰も居なくなった。

浴室は、これだけは避けたいと思っていた、シャワーの流れる音だけが虚ろに響く、孤独な静寂の空間になった。

「……」

本当の、一人になった。

もたもたしているうちに。やはり今日は、タイミングの悪い日だ。

早くした方がいい。稜子は諦めに近い覚悟を決めて、目を閉じる。そしてシャワーの流れに頭を入れて、瞼の裏に広がる闇を見ながら、黙って髪を濯ぎ始めた。

「………………」

髪を丁寧に濯ぎ、シャンプーを泡立て、髪を洗う。

そしてひたすらその行為だけに、意識を集中させる。

あの事を、考えないように。

例の怪談では、〝あの言葉〟を考えなければ、何も起こらず無事に済むのだ。

十三回の〝それ〟を思い浮かべなければ。

何も、起こらない。

生きながらにして壁の中に埋められてしまった少女が、死ぬまでの間に心の中で叫んだ、あの〝言葉〟を。

〝たすけて〟

あっ。

一回。

だめだ。だめだ。考えちゃ、だめだ。

違う事を考えないと。今日は何があったっけ？　明日は何をしよう？

だめだ。上滑りする。考えても考えても、思考は意識の表面を撫でるばかりで、意識の底では常に、〝それ〟が混沌と鎮座している。

壁の中の〝彼女〟が、心の底に居座っている。

考えないように塗り潰しても、常に〝彼女〟の事が意識の底にある。

考えないようにすればするほど、〝彼女〟の影は強くなる。彼女の『物語』へと、稜子の意識を引き寄せる。

生きたまま、壁の中に塗り込められた少女。

その死体は今も、女子寮のどこかの壁に埋まっている。

そして壁の中で、今も誰にも聞こえない声で叫んでいる。〝たすけて〟〝たすけて〟〝たすけて〟〝たすけて〟――――


「…………！」


だめ！　だめ！　だめ！　だめだ！

考えちゃだめ！　だめ！　考えちゃだめ！

一人じゃだめだ。誰か入って来ないかな？　耳を澄ます。シャワーの水音ばかりが聴覚を埋め尽くしている。まるで、雨の日のような音を立てている。

それは、少女の死んだ日と同じ――――

〝たすけて〟

違う。

別の、別の事を。

〝たすけて〟

あっ。

駄目だ。

頭に浮かんでしまう。

考えないようにすればするほど、なおさら強く、〝それ〟は意識されてしまう。

ざあ――――――

と雨の音だけが、響いていた。

湯気とシャンプーの匂いがする呼吸。徐々に深くなる。荒くなる。

目を閉じ、耳には水音だけが響いている、孤独な世界。

赤にも見え、黒く、また白くもある、瞼の裏の闇の中には、自分ひとり。

耳が音を、剝き出しの肌が空気を過敏に感じ取り、目には見えていない浴室の様子が、頭の中で知覚された。それは妄想にも思える明確さで、浴室の壁の、ガラス戸、そして空間の様子を、稜子の脳内に、くっきりと描き出した。

浴槽から湯気の立ち昇る、がらんとした無人の空間を。

微かに隙間があり、隙間風を感じる入口のガラス戸を。

湯気が染み、濡れた四方の壁を。

そして、その壁の中に——何かが、居る、ような気がして、稜子の剝き出しの肌に、鳥肌が立った。


〝たすけて〟


やめてっ！　心の中で叫んだ。その脳裏に走る死の言葉は、すでに自分の心とは関わり無く意識の中から溢れ出していた。

まるで自分では無い何かが、心に囁きかけているようだった。

妄想が恐怖を呼び、稜子の中にははっきりと、〝彼女〟の存在を形作った。

だめだ。

恐怖が加速し始めた。

稜子は慌てて、シャンプーの泡を濯ぎ始める。

もうだめだ。早く済ませてここを出なくては。

何かが起こりそうで恐ろしかった。冷たい恐慌が心に広がった。

湯と泡が頭を流れ、固く目を瞑った顔を流れる。自分の手が髪を濯ぐ音と、びしゃびしゃという水音が、雨垂れのように耳一杯に聞こえる。焦り。焦り。焦り。無意識に手付きが乱暴になる。頭が自分の手で揺れて、盲目の世界が揺れる。

ふと、この間に〝何か〟に襲われたらという、妄想がよぎる。

目を固く閉じ、開ける事ができない自分に。

裸で背を丸める、無防備な自分に。

〝たすけて〟

駄目だ駄目だ駄目だ駄目だ！

もう何回思い浮かべただろう？

だめだ、十三回で〝彼女〟が来る。背後に〝彼女〟が立ち、わたしに手を伸ばす。

〝たすけて〟

やめて。

〝たすけて〟

いや……

〝たすけて〟

いやあっ！

――――――――〝たすけて〟

ぴん、と。

その時。

空気が。

変わった。

「…………………………………………………」

それは目を閉じた闇の中、明らかな空気の変化だった。

突如として空気が冷たく冷たく張り詰め、絶対的な静寂が周囲を覆い尽くして、浴室を隔離した。

ざあ――――――

ただシャワーの立てる雨の音が、静寂の中に響き続けている。

自分の頭を濡らす雨の音が、他人事(ひとごと)のように世界を覆い尽くしている。

雨の音と、盲目の世界。

背を丸めた姿勢のまま、稜子は固まった。

冷気が、肌を撫でていた。浴室の温度がそれと判るほど下がって、濡れた剝き出しの肌に、ひしりと触れている。

「……」

開けられない、目。

——ぴしゃっ、

水音がした。不意に。

それは、髪を伝って落ちる、お湯の音では無かった。

それは、背後で鳴った、床に広がった水を踏みしめるような、密かで、異質な音。

それは、濡れた裸足の足音。

——ぴしゃっ、

稜子の肌に鳥肌が立ち、体が硬直した。

それは髪を洗う稜子の背後、そう離れていない場所に立っていた。

その気配は、じっ、と稜子を見下ろして、その視線が、冷たく首筋に落ちている。

立っている。

到底人間とは思えない異質な気配が、しかし明らかに人間の形をして。

例えるなら、それは死体の気配。冷たく、無機質で、しかしひどく生々しい、死の気配。

背後に立っていた。

──ぴしゃっ、

そして一歩、近付いた。

恐怖が、背中の向こうに意識を向かわせる。無視しようとすればするほど、意識ははっきりと背後に向かう。

その形を。

その少女の形をした、気配を。

意識した瞬間、恐怖に塗り潰された。

歯の根が合わなくなり、髪を洗う姿勢のまま止まった手が震え出した。背中を圧迫するその気配に、身が竦んで、ぶるぶると震えた。

──ぴしゃっ、

やだ！　やだ！

背中へとにじり寄る気配に、意識が恐慌状態になった。しかし気配は近付いて来る。背中に死んだ少女が立つ。

——ぴしゃっ、

近付く。

背後に。背中に。

——ぴしゃっ、

髪を洗う、自分の、剝き出しの背中に。

それは丸めた背中の、もう手が届くほどの近くに。

触れそうなほどのはっきりとした気配が背中に伝わり、じっ、と視線を落として、見下ろして来る。

やだ。やだ。

震えが止まらなくなる。

やだ……

じっ、と背後に立つ、少女の形をした、〝何か〟。

その気配が、動いた。

突然冷たい手が、剝き出しの肩を摑んだ。

ひっ……

…………

…………………

ざあ――――――――――――

…………………

………

2

武巳がその電話を受けたのは、もう夜の八時も近くの頃だった。

寮の自室で、今日の出来事を反芻しながら鬱々と過ごしていた、そんなさなかの事。あまりにも色々な事があった日で、武巳はそれらについて考えながら、ベッドの上に寝転がり、鬱々と思いを馳(は)せていた。

稜子が〝怪異〟に遭遇したという女の子を連れて来て、その彼女の話を聞き、内容を空目に報告した。

そしてその後、武巳は〝そうじさま〟に遭遇した。

校舎裏の一角に導かれ、何も植えられていない花壇に誘導された。

そうしてその土の中から、〝鈴〟の音を聞いた時――――何故か現れたのは学校の理事長先生だった。突然現れ、武巳を一喝した。

何が何だか分からなかったが、理事長先生は、武巳に他言と花壇への立ち入りを禁じた。

その理事長先生の発している気配は、どう考えても普通の人間のものとは思えなかった。

武巳は怯え、逃げ出した。

そして稜子と合流してからも、その時の事は言えず、口をつぐんだ。

顔色が悪いと言って稜子は心配したが、武巳は誤魔化した。何かに見張られているような気がして、口にするのが恐ろしかった。

『……きみ、ここで、何か見たのかね？』

理事長は言っていた。

武巳が何を見たと思ったのか、どうして武巳を脅したのか、それは判らない。

だがあのとき武巳は、手入れをした痕のある花壇の土を見て、とある一つのイメージに捕われていた。それは土の中から聞こえる異界の〝鈴〟を聞いた時、この中に――――人が埋まっているのではないかという、不気味なイメージだった。

そのイメージは聞いたばかりの怪談、〝壁に埋められた少女〟へと、容易に繋がった。

そしてそこに現れた、何かを見られた事を恐れている、教師。

理事長への、疑惑。

まさか、と思った。馬鹿馬鹿しいとも思った。

だが――――そう思いつつも、その疑惑は恐れと混じりながら、徐々に武巳の冷静さを蝕んで行った。

武巳はたった一人の部屋で、天井を見ながら、煩悶していた。

空目に言うべきだろうか？　だが今の状態では、ただの妄想だった。

それでもあの〝花壇〟は怪しかった。その記憶が拭えない。だが奇怪な事に、それだけ頭の中に怪しい記憶がこびり付いているのに、あの〝花壇〟がどこにあって、どのような形だったのかを思い出そうとしても、どうしても細かい部分が思い出せず、曖昧な記憶にしかならないのだ。

そこからどうやって逃げ出してきたのかも、思い出せなかった。

あの〝花壇〟が一号校舎の裏にある事は判るのだが、どうやってあそこに行き、どうやって戻ったのか、そしてどの辺りに〝花壇〟があったのかが、思い出せない。

あの場所に行った記憶自体、記憶違いではないかと思ったほど。

しかしそんな事は無い。武巳は確かにあそこに行き、理事長に遭って、戻って来た。

訳が判らない。

だが、それと似た感覚を、以前にも味わっていた気がする。

そうやって武巳が静かな部屋で、一人孤独にひしひしと疑惑と恐怖を育てていた時。突然着信音が鳴り響き、物思いに耽(ふけ)っていた武巳は、静寂の中に鳴り響いたその音量に、思わず飛び上がったのだった。

「……!?」

狼狽しながら、武巳は慌てて携帯に手を伸ばした。

そして空目からの着信である事を確認すると、急いで通話ボタンを押した。

「……も、もしもし？」

『近藤、よく聞け』

空目の言葉は、唐突だった。

『今すぐそこから避難しろ。寮から出て、少なくとも今夜一杯は学校の敷地に近寄るな』

「へ？　………ええ？」

武巳はそれを聞いて、思わず頓狂な声を上げた。

「……な、何？」

『今夜、寮と学校はお前達にとって危険地帯になる』

「え？　え？」

『もしお前が〝壁に塗り込められた少女〟の物語に感染していたなら、確実に今夜発症して、殺されるぞ』

淡々とした空目の言葉が、重々しい恐怖になった。

「な……！」

『あれは〝本物〟で、そのうえ人為的に操作されているものだ』

そう、空目。

『昨日行方不明になった一年が居て、その訴えにも警察が動かなかったな？　〝黒服〟の関与を俺達は疑ったが、理由はそれでは無かった。この〝物語〟は、うちの学校の理事長が発生源だった。学校にされた訴えが学校側で揉み消されて、警察には行っていない。あるいは理事長が警察の捜査に圧力をかけられる立場にある可能性もある』

「はあ⁉」

そこで出てきた理事長の名に、武巳は鳥肌が立った。

「理事長……⁉」

『そうだ』

空目は言う。

『あの壁の中の少女は、〝七番目の物語〟だ。学校の七不思議にある、知ると恐ろしい事が起こる七番目。理事長だけが知り、普段は〝欠番〟として誰も知らない。理事長は〝人柱〟を定期的に求めていて、必要とした時だけ〝物語〟は生徒へと放流される。

そして〝感染〟した生徒は怪異に遭い、理事長の手で〝人柱〟にされる。それがどのような手段かは知らないが、お前達は〝人柱〟候補だ。今、理事長がそっちに向かっている。俺達は間に合わん。すぐに逃げろ』

「…………………！」

武巳は震え出す。悪夢のようだ。

あの理事長の巨軀と、そこから発散される、人間離れした精気が記憶に蘇った。

あれはやはり、まともな人間ではなかったのだ。それが今、武巳を捕らえるために向かって来ている。あの理事長の〝気配〟の肌触りが思い出され、肌が粟立つ。

しかも、〝人柱〟。

やはりあの花壇の中には、人が埋まっているのかも知れない。

「陛下───」

武巳はそれを口にしようとして、ふと肝心な事を思い出した。この〝物語〟を聞いたのは、武巳だけでは無いのだ。

「ちょ、ちょっと待った。陛下」

武巳は慌てて言った。

『何だ？』

「それ、稜子の方もヤバいんじゃないのか？」

『その通りだ』

空目は、口調も変えずに答えた。

「稜子の方はどうするんだ？」

『今、木戸野が連絡をしている。必要なら、連絡を取り合って合流するなりしろ』

空目がそう言ったところで、電話の向こうで亜紀の声が聞こえた。

『──恭の字、稜子が電話に出ないよ！』

亜紀の、焦ったような声。

『寮の番号は？』

『ごめん、知らない』

そのようなやり取りが電話から聞こえて来て、武巳の中に焦燥が広がる。

そして空目の声が、改めて武巳に向かった。

『前言撤回だ。すぐに寮を出て、女子寮に行ってくれるか』

「……」

その言葉に、武巳は一瞬答えなかった。

武巳は、逡巡していた。そして数秒して武巳が口にしたのは、先程の答えでは無く、こんな質問だった。

「へ、陛下は、間に合わないのか？　絶対？」

『絶対だ』

空目は答えた。

『理事長に嵌められて、東の高台に置き去りにされた。理事長は現在、車でそちらに向かっている筈だ。こっちは徒歩で、今から山を降りる』

「え……？」

予想外の答えだった。状況は想像していた以上に切羽詰っていた。

「女子寮に行けばいいのか？」

『そうだ』

「稜子に伝えて……逃げればいい？」

『ああ』

空目は肯定する。

『だが、もし少しでも危険や異常を感じたら、そのまま一人で逃げろ』

「え？」

『いいか、絶対にそれだけは守れ。これはお前の手には余る。余計な事は考えず、自分の身の安全だけを最優先で考えろ』

驚く武巳に、空目は強調する。いざという時は稜子を見捨てろと、そう言っている事は武巳にもすぐに判る。

「……ちょ、ちょと待ってくれよ。じゃあそうなったら、稜子はどうなるんだ？」

『考える必要は無い』

「おい、冗談はやめてくれ……！」

『冗談でも何でも無い。今までのものとは明らかに違う、不確定な要素のまるで無い、害意あるものがそちらに向かっている。緊急避難だ。誰も責めん』

空目の声の調子が強くなる。珍しい事だ。本当にまずい状況らしい。

武巳は沈黙して俯き、迷った。携帯を持つ手が細かく震え、呼吸も震えているのが、自分でも判った。

武巳はこの件に関して、空目の知らない事を知っている。

どうすればいい？　迷う。黙り込んだ武巳に空目が呼びかけるが、武巳は沈黙したまま、携帯を握り締める。

『…………何を考えている？　近藤』

「おれ……」

『日下部は大丈夫だ。何とかする。だから今言った事は、絶対に守れ』

そんな事を言われても、信用できる筈が無い。空目はたった今、最悪の場合には稜子を見捨てる事を決定したのだ。武巳は自分の中で、最後の逃げ道が無くなったような、そんな感覚を覚えていた。

今までどんな事があっても、空目なら何とかすると思っていた。

本当にヤバい時でも——例えば空目の居ない場所で〝怪異〟に襲われた時でも、やはり心のどこかでは、最後には空目が何とかしてくれると思っていた気がする。

いま武巳の中に居る〝そうじさま〟もだ。

いつか空目が何とかしてくれるような、そんな気がしていた。

だから、武巳はそれに甘えていたのかも知れない。しかし今、それが絶対のものでは無い事に、武巳は気付かされてしまった。

空目にも手の届かない場所がある。

そんな事は、当たり前だ。

それなのに漠然と、自分だけは平気な気がしていた。自分とか、稜子とか、いつもの皆だけは、どんな事があっても空目が守ってくれると、根拠も無くそんな風に思っていた自分を自覚した。

「…………」

目が覚めた、気がした。

自分は、甘かった。甘えていた。

稜子の顔が、頭をよぎる。何だ？　稜子は自分にとって何だ？　友達？　恋人？　違うだろう。あの時に告白されて、それでも稜子は忘れてしまって、武巳も知らない振りをして、今へと至っている。

恋人では無い。

友達でも無い。あのとき武巳も意識してしまった。もう元には戻れない。

今も普通に親しく接しているが、過去の気安さの名残と、欺瞞（ぎまん）ゆえにだ。元々、稜子は非常に近しい友達だった。この学校に来て、文芸部で出会って、一緒に空目のファンになって、それからずっと笑い合っていた。

今は？　関係が苦痛だ。稜子に何もかも隠し、その記憶に気を遣い、それでも今まで通りの関係を、何も知らない振りをして続けなければならない。単純な武巳には苦痛だった。上手くできている自信も無い。

そんな稜子。

そんな稜子を、見捨てる。

楽になるのでは？　そう頭をよぎった。よぎって——————駄目だった。見捨てられる訳が、無かった。

「——————陛下」

武巳は、静かに言った。

その声に何かを感じたのだろう、空目の声が急に低くなった。

『……近藤』

「大丈夫……………じゃないかも知れないけど、大丈夫、頑張るから」

『待て』

「もし何かあったら、きっと一号館の裏にある花壇だから」

空目の反応が、一瞬止まった。

『――――何だと？』

「じゃ」

『おい、待て！』

空目が何か言ったが、武巳は無視して通話を切った。そのまま電源も切ってしまう。沈黙してただの板になった携帯をズボンのポケットにねじ込み、武巳は黙って上着を出して、慌ただしく着込む。

「…………」

そしてカーテンを明け、窓の外の闇を見やった。

恐怖はあったが、それ以上の焦燥が、武巳の中を支配していた。

焦りが、武巳の感情を埋め尽くしていた。武巳は口元を引き締めると、ベッドの下から靴を取り出し、大きく窓を開けて、夜の中へと放り投げた。

3

武巳は走る。

夜の闇の中、山を突き通る学校へと続く道を、武巳はひたすらに駆け上がっていた。

歩道の石畳を蹴って、坂を、上へ。夜気が顔に触れ、耳を吹き抜けて、道を挟んで生い茂る真っ暗な林が武巳に迫り、後ろへと通り過ぎて行く。

「はあっ……はあっ……」

息を切らせて、武巳は走る。

稜子を探すため、寮を飛び出し、走る。

しかし武巳の向かっている先は、女子寮ではなく、学校だった。稜子が電話に出ないと聞いた瞬間、武巳は直感し、学校へ向かったのだ。

根拠は無かったが、それは確信だった。

稜子は既に、寮には居ないと。

武巳は以前にも、同じ事があったのを思い出していた。それはあの小崎摩津方の事件。稜子が精神を乗っ取られかけ、ふらふらと学校に歩いて行った時の事。

あの時も、こうして武巳は稜子を追いかけた。

そして稜子に追い付いて、あの〝告白〟をされて——————

同じだった。あの時、学校に潜んだ〝魔術〟にかかって、稜子は学校へと連れ去られた。再び同じ事が起こっているに違い無い。学校に潜んでいた、〝もう一人の魔術師〟による、なんらかの〝魔術〟にかかって。

あの学校は、最初から幾重にも〝魔術〟が組み込まれた〈儀式場〉なのだ。

理事長、そして、小崎摩津方という魔術師によって創られた学校は、彼らによる〝魔術〟の根源であり、その〝魔術〟に触れた者は、みな学校へと還るのだ。

武巳は確信していた。

違っていたら、それでもいい。

だが確実に、稜子はあの〝花壇〟に居る。絶対に。あの場所こそ理事長の〝魔術〟の〈儀式場〉に違い無い。

「……はあっ……はあっ」

武巳は走る。

道を挟む片側の林が途切れ、学校の敷地を区切る柵が現れる。

その脇を駆け抜けて、正門へ出る。そして校門の前に立って、武巳は一瞬立ち尽くし、棒立ちになって動きを止める。

「………！」

当たり前の事だが、柵状の校門がぴったりと閉じていたからだ。

忘れていた。武巳は焦る頭で考える。山に分け入って、林の中から回り込めばいくらでも侵入はできるだろうが、しかし武巳はそれをひどくもどかしく感じて、校門に取り付き、柵に足をかけた。

こんな真似をするのは小学校以来だろうか。

武巳は掛け声と共に、校門によじ登る。

「やっ……！」

そして柵の上から、学校の敷地内へと飛び降りた。大きな靴音を立てて、飛び降りの衝撃が思い切り伝わった足に痛みを感じながら着地すると、その着地の瞬間に、ポケットから下がっていた〝鈴〟が、微かな〝音〟を立てた。

りん、

瞬間、降り立った学校の空気が、一瞬前とまるで違っている事に、武巳は気付いた。

校門を隔てたその〝中〟は、今まであった夜の空気を徹底的に純化したような、異様な冷気と静謐さに満ちていたのだ。

それは確実に、この場が異常な空間である事を知らしめている。

それは魔術の〈儀式場〉が持っている、全ての不純物を排除した、特有の静謐。

ここだ。

武巳は思う。

間違い無い。ここで今、間違い無く、普通では無い何かが起こっている。

武巳は一瞬躊躇って、そして再び走り出す。正面の一号校舎へ向かって。閉ざされた一号校舎に辿り着き、それを回り込んで、校舎裏へと向かって。

今やあの〝花壇〟がどこにあるかは判らないが、校舎裏にある事だけは知っていた。とにかく向かう。今まで走って来て、疲労で重くなった足が、石畳を蹴る。

暗闇の中ぼんやりと見える、煉瓦壁と植え込みの脇を走る。

武巳は駆け、走り抜けて――――その時武巳の脳裏に、突然時計仕掛けが作動したかのように、とある記憶が蘇った。

二度と、ここに来ては、ならない。

いきなり脳裏に、そんな言葉が再生された。

それはあの場所で、理事長が、武巳の目を覗き込みながら言った言葉だった。

「！」

それを思い出した瞬間、武巳の全身に鳥肌が立った。武巳の意識の底に刷り込まれ、眠っていた理事長の言霊が、突如として記憶の底から解凍されて、突如として動き出し、武巳の心と体を縛ったのだ。

「うぐ……………！」

走る足が一気に鈍り、意識が、身体が、怯えたように萎えた。

武巳の足が止まり、校舎の壁に手を突いて、その場にしゃがみ込んだ。

武巳は目を見開いて、しかし何も見る事なく、地面に目を落とし、ただ自分の内側に湧き出した恐怖に曝されていた。稜子に、いや、稜子が居るであろう〝あの場所〟に、意識を向けようとすると、激しい恐怖が湧き上がった。

それは、激しい罪悪感と似ていた。

それは、誰か〝絶対的な存在に咎められる事〟に対して感じる、ひどく子供じみた恐怖を濃縮したような、そんな感覚だった。

それはある意味において、ひどく根源的な恐怖。

小さな子供が抱く耐えられない恐怖。鼓動が速まり、緊張が呼吸を速くした。

あの〝花壇〟へ行く事が凄まじい罪悪であるかのように、根拠の無い罪悪感が、吐き気さえ伴って胸を圧し潰す。

りん、

そんな武巳の向かう先から、微かに遠く、〝鈴〟の音が聞こえた。

その向こうに、〝花壇〟があると。武巳を導く、異界の〝鈴〟の音。

反響するような、その微かな〝音〟が、武巳を呼ぶ。しかしそれに意識を向けると、武巳の中に押捺された〝恐怖〟が膨らんで、武巳を締め上げる。

「う……うあぁ……」

涙が出てきた。壁を掴んだ手が震え、がちがちと歯の根が合わず、心臓が異様な速さで脈打ち、胸が、呼吸が、苦しくなった。もうやめてくれ！　心の中で叫んだ。〝鈴〟に呼ばれ、同時に〝恐怖〟に引き戻されて、恐怖と罪悪感が途切れる事なく、刃物でできた波のように、心を激しく苛んだ。

感情に胸が押し潰されて、息ができなかった。

外から流し込まれる得体の知れない感情に、武巳は必死で喘いでいた。

「……あ……ぁ……」

ぼろぼろと涙を零しながら、武巳はえずき、喘いだ。耳鳴りがし、だんだんと前が見えなくなって、見えず、聞こえず、意識が闇へと、少しずつ、少しずつ、少しずつ……暗転して、沈んで……

――りん、

「……う……」

駄目だった。

恐怖と呼吸困難で今にも気を失いそうだったが、そのたびに聞こえる〝鈴〟の音が、その度に意識を元に引き戻した。

「う…………」

武巳は前を向いたが、それは使命感でも何でも無かった。ただその〝鈴〟の音が、暗闇に落ちて行こうとする武巳に、冷水を浴びせかけるように、意識をこちらに引き戻すのだ。

探し物は、そちらには無いとでも言うように。

武巳の心はすでに〝花壇〟へ行く事を恐れていたが、あの〝鈴〟の音は、武巳を〝花壇〟へと引き摺って行く。

そのたびに、激しい恐怖が武巳を喰い荒らす。

そして武巳は恐怖に負けるが、〝鈴〟の音はそれを引き戻す。

「うぅ…………」

泣きながら、歯を食いしばりながら、武巳は歩き始めた。

行くよ！　行くからやめてくれ！　そう心の中で叫びながら、武巳は壁に手を突いて、足を引き摺って、前へ前へ先へと進んだ。

煉瓦タイルの凹凸に、指をかけ。

涙でぼやけた視界で、壁と音だけを、頼りに。

りん、

ひたすら進む。

壁に沿って。

りん、

涙でぐしゃぐしゃになった顔を、前へと向けて。

「う……うう…………」

そして歩き、角を曲がり、武巳の中でひどく長い時間が過ぎた頃。

何かが変わっていた。それは例えるなら長い洞穴を抜けたような感覚で、武巳は明らかに、見えない何かを抜けていた。

ただ脅されるようにして来た武巳だったが、その時には、気付いた。

壁を伝い始めてから二つ目の角に、手をかけた時、武巳は気付いたのだ。

ここは武巳の来た、〝あの場所〟である事に。

この角を曲がった先に、あの〝花壇〟がある事に。

「…………」

そして武巳は、気が付いた。

今まで武巳を拘束していた得体の知れない感情が、残らず心から消え去っていた。

ここに近付くにつれて際限なく拡大していた〝恐怖〟が、その一点を越えた瞬間、完全に失われた。まるで風船が弾けて割れて、全てが反転したようにだ。

「……！」

その感覚を、武巳は知っていた。

感触こそまるで違うが、それとよく似た〝感覚の反転〟に、武巳は覚えがあった。

それは、いつかの〝神隠し〟だった。あやめが空目を『異界』に取り込みかけ、そして誰も近付けないように空間を区切り取った、あの誰にも見えない空間を越えた瞬間に、それは良く似ていたのだった。

あの時も、〝鈴〟に導かれて〝境界〟を越えた。

あの時の感覚に何十倍もの悪意を加えたものが、ここに辿り着くまでの感覚だった。

理解する。この場所を区切り取る〝結界〟を、武巳は越えた事を。武巳は荒い息を鎮め、顔を浸した涙を袖で拭い、心身の疲労で鉛のように重い身体を引き摺るようにして、その先へと踏み込んだ。

壁の角を曲がり、そこにある空間に。

コの字型に校舎が欠けた、そこにある〝庭〟に。

生徒や教師の誰もがその存在を知らない〝花壇〟が、そこにはあった。

そして――――武巳はその〝花壇〟の中に、白い人影が座り込んでいるのを、その目で見たのだった。

「――――稜……子……？」

武巳は、呟いた。

その人影を、武巳は最初、自分の知っている人間だと認識しなかった。

暗闇の中で、黒一色にしか見えない煉瓦壁を背景に、白く身体が浮かび上がっていた。

その背を向けた人影は、黒い花壇の土の上に白い裸身を晒して座り込んでいて、そして栗色がかった色をした頭髪は雨にでも打たれたかのように、濡れて張り付き、髪型の形を為していなかった。

「あ………？」

今まで見た事の無い状態の稜子に、気付くまで数秒かかった。

「……お、おい……稜子？」

武巳は、稜子に向かって呼びかけた。しかし稜子は〝花壇〟の中に座り込んだまま、まるで反応を示さなかった。

ただずっと、下を向いて。

何か無心に地面に向けて、手を動かしている様子なのだった。

「稜子？」

反応は無い。

「おい……」

何度呼びかけても、聞こえていないかのように、稜子は反応しない。

武巳は一瞬、途方に暮れる。しかし武巳はそこに至って、ようやく初めて、〝近付く〟という選択肢に思い至る。

あまりに異様な状況に、ただ普通に近付くという行動を思い付かなかったのだ。

気付いた武巳は呼びかけながら、稜子の背中を目指した。

「……稜子！」

口から出た声は掠れていた。足は恐ろしく重かった。

駆け寄るには疲弊し過ぎていた。だがそれでも、重い足を引き摺りながら近付くにつれて、闇の中に座り込む稜子の様子が、だんだんとはっきり見えて来た。

明らかに異常な状態だった。

稜子は服を着ておらず、また髪だけで無く全身がずぶ濡れで、背中に張り付いた髪からは今も雫が滴り落ち、そんな格好のまま花壇の土の上にぺたんと座り込んでいた。

まるでバスルームから直接連れ出され、そのままここに放り出されたかのような状態。白い背中が闇の中に映えている。そして濡れた髪を揺らしながら、下を向いて、ずっと無心に地面に手をやっている。

何かをしている。武巳からは体で隠れて様子が見えないが、素手で花壇の土を掘り返しているような動作に見える。

何をしているのか。だが武巳に、考える余裕は無い。

武巳は花壇に足を踏み入れて、そんな稜子の背後に、立つ。ここに来るまでに疲弊しきった体が、気が抜けて崩れ落ちそうになるが、しかし武巳は必死で気を持ち直し、何とか座り込まずに耐える。

辛くて、泣きそうで、すぐにでもこんな事は止めて、帰りたかった。

ここでも良いから倒れ込んで、眠ってしまいたかった。しかし稜子を連れて帰るまで、まだ終わりでは無いのだ。

「……稜子」

武巳は、半泣きにも聞こえる声で、稜子に呼びかける。

「帰ろう」

武巳は他の言葉も思い付かず、そのまま黙った。返事を待ったが、稜子は聞こえていない様子でひたすら作業を続けていた。

やはり土を掘り返している。素手で、花壇の土を黙々と引っ掻いている。

土にできた窪みと、腐葉土混じりの黒土で汚れた手が、濡れた髪の毛が張り付いた、稜子の白い肩越しに垣間見えた。

暗闇と静寂の中で、稜子はひたすら土を掘り返している。

武巳はもう一度、呼びかける。

「何してるんだよ、帰ろう」

「…………」

「稜子」

武巳は緩慢な動作で、稜子の肩に触れた。

瞬間、氷のような冷たさが手の平に触れて、びくっ、と手を引っ込めた。稜子の体は、ぐっしょりと濡れた上に長く外気に触れていて、驚くほど冷え切っていたのだった。

「おい、何してんだよ……！」

武巳は泣きそうになりながら、再び肩に触れて、稜子の体を揺さぶった。

こうして目の前で動いていなければ、死体だと思うほどの冷たさだった。肩を掴んでいる手に、稜子の肌の感触が伝わってくる。女の子の肌。だが濡れた柔らかな感触は冷え切って、冷蔵庫の中のゼリーを思わせる。

「なあ……おい……！」

「…………」

揺さぶっても、稜子は無反応だ。

濡れた髪の間から垣間見える横顔は無表情で、ただ足元の地面を、花壇の土を、虚ろに凝視していた。

その間も稜子の手は、土を掘ろうと動いている。

武巳は必死で、摑む手に力を込めて引き寄せ、稜子を自分に向かせようとして——裸の体が目に入って、動揺して、手を離す。

「っ！　ごめ……！」

だが稜子は武巳の手が離れると、また最初のように元を向き、無心に土を掘り出した。

武巳は再び途方に暮れ、逡巡し、とにかくこのままにはして置けず、自分の着ていた上着を脱いで、稜子の肩にかけた。

こんなの、どうすればいいんだ？　武巳を激しい無力感と、疲労感が襲う。力ずくで連れて行こうにも、そもそも力が足りない上に、体力も気力も尽き果てていて、今の武巳ではどうしようも無い。

「稜子……」

情けない声で、武巳は呼びかける。

もう限界だった。武巳は稜子の傍に膝を突き、そのまま土の上に、ずるずると座り込む。

「何してるんだよ……この下に何かあるのか……？」

武巳は無力に、ただ黙々と土を掘り返す作業を続けている稜子を見る。まだそれほどの深さでは無い穴の中には、何かがある様子は無い。

重い静寂。

「おい……」

しばしして武巳は、何度目かの、空しい呼びかけを口にする。

徒労感だけがあり、答えは期待していなかった。だがその時、稜子の口が、微かに動いて、答えを返した。

「ここに――」

「え？」

「はいるの」

稜子は、小さな声で言った。

「……え？」

「はいるの。ここに。かべのなかに。あのこがまってるから」

良く聞き取れない、その微かな声の意味を汲み取った瞬間、武巳は冷水を浴びせられたように鳥肌が立ち、言葉を失った。

「!?」

「あのこがよんでるから、ここにはいるの。いっしょにかべのなかにうめられるの」

「え……え…………!?」

「そのために、あのこがつれてきたの。わたしを、つれてきたの」

ぽつぽつと語られる、辿々(たどたど)しい言葉。

「かべのなかで、いっしょ。いっしょにかべのなかにうめられるの。それで、あのこと、いっしょにいうの。たすけて。たすけて。たすけて、って……」

そして聞いているうちに、それは。

突然堰を切ったように、壊れた言葉の奔流に変わった。

「たすけて。たすけて。たすけて。たすけて。いうの。たすけて。たすけて。たすけて。たすけて。たすけて。たすけて。たすけて。たすけて。たすけて、たす、たすけて、たすけ、たす、たた、たすけて、たすけて、たすけて、たすけて、たすけて、たすけてたすけてたすけてたすけてたすけてたすけてたすけてたすけてたすけてたすけてたすけてたすけてたすけてたすけテたすケてタスけてタすケテたスケテタスケテたスケテタスケテタスケテタスケテタスケテタスケテタスケテタスケテタスケテタスケテタスケテタスケテタスケてタスケテタスケテタスケテタスケテタスケテタスケテタスケテタスケ

テタスケタスケテタスケテタスケテタスケタスケタスケタスケタスタスタスタス
──────」

ぶわっ、と鳥肌が立った。

思わず叫んだ。

「やめろ！」

それは稜子を揺さぶりながらの言葉だったが、誰に言っているのかは、もはや自分でも定かでは無かった。

「やめろよ！　おい、やめろ！」

叫ぶが、稜子の口から流れ出す言葉は止まらない。壊れたように、ひたすら同じ言葉を繰り返し、口から流し続ける。そして稜子の紡ぎ出す呪文にも思える言葉に従って、周囲に冷気が湧き出し始める。

その冷気は武巳達の居る地面、〝花壇〟の土から、湧き上がって来た。

まるでこの下に氷室でもあるかのように、冷気が上がって来る。

そしてその冷気の匂いが、鼻を突く。

それは、冷たい土の匂いで、しかし明らかに何か違和感を伴う、不気味な臭いだ。

湧き上がる土の匂いに、有機的なものが混じっている。それは微かに腐敗臭のようなものが混じった、しかし腐葉土や肥料のような生命に寄り添う匂いでは無い、もっと『死』に寄った、例えるなら湿った墓場の匂い。

その匂いを混じらせて、土から冷気が湧き上がる。

強い冷気と、冷気そのものではない何かに、足が、体が、心が、竦む。

そして――稜子の口が紡ぐ言葉が、ぴたりと止まった。そして、人形のような不自然な動きで、稜子の首だけが動き、武巳を見た。

「…………」

土を掘り返す姿勢のまま、稜子は武巳に首だけを向けていた。

硝子(ガラス)球のように、焦点の合わない瞳が、武巳を見詰めた。

「――――きた」

そして稜子がぽつりと言ったその瞬間、武巳は目を見開いた。

足首に、何かを感じた。

土の上に座り込む武巳の足首を、何かが掴んでいた。

硬直した。見たくない。何が足首を掴んでいるかなど、見たくない。

冷たい感触を足首に感じながら、武巳は必死で視線を前だけに向ける。後ろを向いて、自分の足首を見ないように。

「…………！」

必死で前を見る。

そこには稜子が座り込んで武巳を見詰め、土に掘った穴に、両手を入れている。

しかしその様子を見ているうちに――武巳は気付いてしまった。稜子の、その黒土に掘られた穴に差し入れられた白い手を、

土の中から生えた、さらに白い手が、掴んでいる事に。

見てしまった。

心臓がその瞬間、びくん、と跳ね上がった。

鼓動が速まり、目を見開いて、その〝手〟を凝視した。そして――武巳はその視線を、

恐る恐る、周りに向けて――

「…………‼」

武巳は、今度こそ動けなくなった。

屍蠟(しろう)を思わせる白い手が、〝花壇〟一面に敷かれた真っ黒な土の、そこかしこから、芽のように這(は)い出(だ)そうとしていた。

無数の人の手が土の中に埋まって、這い出ようともがいていた。

それは蠢き、芋虫のように土をかき分け、周囲の土の表面をもぞもぞと動かし、その隙間から斑に白い皮膚を覗かせていた。

指。指。爪。手。

囲まれていた。座り込んでいる周囲の土の全てから、白い手が生えようとしていた。

そして———腰を抜かして座り込み、土の上に突いた武巳の手を、何かが、ひやり、と冷たく握った。ぎぎ、と武巳が固い動作で目を向けると、土の中から白い指が生えて、武巳の五指の間に差し入れて、指を絡めるようにして武巳の手を握っていた。

「ひ……‼」

その冷たい屍肉(しにく)の感触は、いつか触れた〝できそこない〟に似ていた。

かつて武巳の腕を摑んだ、あの〝人の形を失ったものたち〟が、この土の中にみっちりと埋まっている様子が、ありありと想像できた。

「…………!!」

武巳は座り込んだ姿勢のまま固まり、息をするのも忘れた。

ざり、と背後で足音が聞こえた。救いを求めて、顔を上げて振り返ると、そこに立っていたのは、暗闇を背にして長大なスコップ携えて、凄まじい形相で武巳を睨み付ける、理事長の姿だった。

五章　夜の中に

1

　不気味な静寂に包まれた聖学付属の正門前に、一台のタクシーが滑り込んだ。

　そのタクシーは停車と同時に慌しくドアが開けられ、そこから四人の少年少女が、ばらばらと正門前に降り立った。タクシーのドアが音を立てて閉められ、タクシーは走り去る。そして残された四人は、締め切られた正門と、夜闇に聳える校舎を見据える。

「……どうだ？」

　俊也が、押し殺したような声で問う。

　空目はそれに応え、無言で校舎を睨み、頷いた。

　緊張の面持ちで、亜紀が周囲を見回した。あやめがその唇を引き締めて、空目の脇から校舎の闇を見詰めている。

　…………

あれから俊也達は、急いで置き去りにされた高台から、街へと戻った。

あの車も通らない辺鄙な場所から少しでも早く戻るため、空目はそれが可能になる場所まで山を降りると、早々にタクシーを呼び出した。

複雑な家庭環境で一人暮らし同然の空目は、タクシーを呼ぶ行為に慣れている。それが少しでも理事長にとって予想外である事を願いつつ、一分一秒でも時間を短縮するために、まだ山からの移動中にタクシーを呼び出して、まだ到着していない少しでも学校に近い場所を迎車場所に指定するという、ギリギリの対策まで行った。

だがそれでも、事態は切迫している。

当初考えていたよりもだ。タクシーを呼び出した場所へ向かう移動中、武巳や稜子に逃げるようにと警告の電話をかけたのだが、稜子には電話が繋がらず、繋がった武巳は何を一念発起したのか、逃げるどころか稜子を助けに向かってしまったのだ。

「あの馬鹿者が……！」

亜紀はそれを聞いてからというもの、山を降りながらずっとそんな事を呟いていた。理事長に置き去りにされてから今まで、ずっと意外なほど落ち着いていた亜紀だったが、その武巳の話を聞くと流石に冷静さを失い、それからずっと苛立たしげだ。

周知の事だが、亜紀は明らかな愚行というものが許せない性質だ。

普段から武巳の言動はそうだったが、この暴走もまた、亜紀の逆鱗に触れたらしい。

「あの馬鹿は自分が出て行ってどうにかなるとか考えてるわけ!? 二次遭難するに決まってるじゃない！」

俊也も同感だ。しかし今の俊也には、残念ながらそれを言う資格は無い。今の俊也は役立たずだ。いや、もしかしたら最初から、俊也は〝異界〟に対して何もできない、役立たずだったのかも知れなかった。

何故あそこで足を止めた？

俊也は歯噛みする。

どうして理事長を殴れなかった？ 後悔など何の役にも立たない事は判っていたが、それでも俊也は後悔した。

あそこで理事長を拘束してしまえば、今こうして慌てて学校へ戻る事もしなくて済んだ。武巳や稜子が危険に晒される事も無かった。武巳が暴走して稜子を助けに走る事も、いや、そうさせてしまう事も、最初から無かった。

何もかも、自分があそこで足を止めたからだ。

何もかも、あそこで〝魔術〟に怯えた自分の所為だ。

「────くそっ！」

俊也は正門で学校を睨みながら、もう幾度となく口にした、自分への悪態を呟いた。

そんな俊也の視線の先で、締め切られた正門は、その向こうに何も無い、いや、何かを隠しているような、無尽の静寂が満ちていた。

タクシーを使った俊也達は、上手くすれば理事長が思っているよりも相当に早く、ここまで辿り着いている筈だ。しかしそれが何の安心材料にもならない事は、ぴったりと閉じられた校門と、そしてその前に停められた理事長の車を見れば明らかだ。

「ちっ……！」

俊也は吐き捨てる。

そして校門に掛かっている大きな南京錠を摑んで、分かり切ってはいるが、その頑丈さを確認する。

「回り込んだ方がいいな？」

「そうだな」

空目は即座に頷いた。俊也だけならこんな校門などあっさりと乗り越えるのだが、亜紀、あやめ、空目と、できない人間の方が多いようでは、かえって時間がかかる事は火を見るよりも明らかだった。

俊也は敷地内に入り込める場所を探して、柵に沿って移動を始める。

皆で移動する中、空目が口を開いた。

「木戸野。お前は、敷地の外で待っていてくれ」

「は？」

亜紀が、眉を寄せた。

「ここから先には木戸野の役割は無い。木戸野が来ない方が、最悪の場合になった時に被害が少なくて済む」

「……」

亜紀の顔に一瞬ショックを受けたような表情がよぎり、眉を寄せ、最後に溜息を吐く。

「……そ。わかった、そうする」

「済まんな」

亜紀は歩みを止める。

「役立たずの事実は仕方ないよ。行ってらっしゃい」

俊也達は亜紀を置いて先へと進み、道に立ち尽くす亜紀が遠くなって行く。

あやめが、その亜紀をちらと振り返った。俊也達はそのまま、柵をぐるりと回り込んで途切れる場所まで進み、俊也が先頭になって藪を掻き分け、林へと入り込んで、そこから学校の敷地内へと侵入して行った。

＊

空目と村神が林の中に消えてから、亜紀は夜道に一人取り残された。

「――――はぁ……」

亜紀は空目達の姿が見えなくなるまでその姿を見守っていたが、誰も居なくなると、大きな溜息を吐いて肩を落とした。

結局自分は、ここまでしか来れなかった。

身に沁みた。亜紀は、村神や、そしてあやめのように、最後の場所まで空目と行くための、資格を持っていなかったのだ。

これから中でどんな事があっても、亜紀には知る事ができない。

ここまでが亜紀の限界で、もうこれ以上は、今の亜紀では進む事ができない。そうする事が許されない。

「………はぁ」

亜紀はもう一度溜息を吐き、青銅色の柵に体を預けた。柵に額を当てて俯いた。自分できちんと判っているからこそ、こうして大人しくここに残った。だがその分だけ、亜紀の心の中は辛かった。

「はあ………」

だがこの辛さは、不合理だ。

何度吐いても胸に溜まって、いつまでも尽きない溜息。しかしこれは、自分の中にあるべきでは無い溜息だ。

ここまで、ひたすら悪態を吐き続けていた村神の事を、内心鬱陶しく思っていたが、これでは他人の事は言えなかった。役割分担だけは動かしようが無いので、それに不満を持つのは無意味な事だ。理解している。しかし我が身の不甲斐なさと、村神やあやめへの、羨望のような感情が、どうしても抑えられなかった。

馬鹿馬鹿しい。これはそういうものでは無い。

単なる役割分担に過ぎない。優劣は無い。理解している。

しかしあの時、置き去りにされた展望台で、立ち尽くす村神に、優越感を感じている自分が居た。そんな馬鹿な。これほど無意味な事は無い。何も優越なんかしていない。結局そのせいで空目にも、そして稜子や武巳にも、害が及んでいる。自分が喜ぶ事など何も無いのだ。

先程ちらと自分を振り返ったあやめに、何故か怒りを感じた自分が居た。

挑発されたように感じたのだ。そんな訳が無いのに。

嫌だった。

自分が壊れて行くような感じがした。

どんどん自分が、不合理で、嫌なものに変わって行く。感情に惑わされない、合理的な理想の自分が、今まで理想を体現して来た筈の自分が、必要の無い無意味な部分で感情的になって行く。

自分が自分で無くなる。

制御できない自分が居る。

柵の冷たさを額に感じながら、亜紀は深呼吸する。感情の火種を、抑え込む。

落ち着け。

空目が戻って来るまでに。

他人に、空目に見せていたい、理想の自分に戻るのだ。そして空目が全てを終わらせてここに戻って来た時に、何事も無かったように出迎えるのだ。稜子や武巳を救って戻って来た空目を、冷静で合理的な、いつもの木戸野亜紀として迎えるのだ――――

「――――あれ？　〝ガラスのケモノ〟さん？」

その瞬間に、ぞく、と一瞬にして感情が反転した。

突然その声に背後から呼びかけられ、亜紀は胸の中の熱が一瞬にして凍り付き、肌に一斉に鳥肌が立って、ばっ、と弾かれたように振り返った。

その呼びかけをする者は、亜紀の知る限り、一人しか居ない。

振り返った先には、真っ暗な夜の道路の中央に、真っ暗闇の林を背にした姿で、その少女が立っていた。

「〝魔女〟……！」

「こんばんは。奇遇だねえ、こんな場所で逢うなんて」

足音も無く現れたその少女は、屈託のない無邪気な微笑みを、闇の中で浮かべた。

十叶詠子。彼女はただ自然体でそこに立ち、しかしそれだけで、周囲に満ちる闇を、より色濃いものへと変色させた。

暗闇の中に、詠子はぽつんと立っている。

しかしその詠子の姿は、スポットライトでも当たっているかのように、闇の中でひどく鮮烈に、くっきりと、絶対的な存在感を放っていた。

亜紀は、詠子から少しでも離れるように、背中を柵に押し付ける。

そして詠子を睨み付けて、鋭い声で言い放った。

「奇遇？　あんたに限って、そんな事が信じられると思う？」

「うーん、信じてくれなくてもいいけど、これは偶然だよ？」

詠子は答えた。

「どうだか」

「本当だよ。ここにあなたが居るとは思わなかったよ。てっきり中で、〝影〟の人達と一緒だと思ってたんだよね」

詠子の言葉に、亜紀は微かな胸の痛みを感じて、唇を噛んだ。

「……あんたに関係ないでしょ」

「うふふ、そうだね。私も、あなたは関係ない」

詠子は笑った。

「私の用事は中に居る人達だから。だから、ここにいるあなたと逢ったのは偶然なの」

「！」

亜紀は思わず柵の向こう側に目を走らせた。

柵と、そしてその内側にある植え込みの向こう側は、不気味にも思える荒涼とした静けさが広がっている。その空気は中のもの全てが死滅しているかのように、ぴん、と停止し、動きが無い。

この中には、空目と俊也が居る。

そして確実では無いが、稜子と武巳、そして理事長が居る。

ここ中でどのような異常が起こっているものか、知れたものでは無い。そして――――

には、〝魔女〟が居る。

「――今度は、何を企んでるわけ？」

亜紀は詠子に向き直る。

低い声で問いかける。問いを発する喉が、微かに掠れていた。

「何だと思う？」

詠子は、それに答えて無邪気に笑った。亜紀は睨むが、詠子はそれに笑みを返した。

「理事長も、あんたの差し金？」

「ふふ、秘密だよ」

「どうして？　私はどうせ何もできない。教えても困らないと思うけど？」

は、と自嘲気味に亜紀は言う。

「んー、そういう訳にも、いかないんだよねえ」

詠子は口元に、人差し指を当てた。

「これは、そういうものなの。〝七番目の物語〟。誰も知らない物語なの。だから誰も、この物語は知らない。それなら、私も知らないよ」

くすくすと楽しそうに笑う詠子。その台詞が、揶揄われているのか、それとも本気で言っている狂った精神の産物なのか、亜紀には判別の付けようが無い。うんざりして顔を顰め、亜紀に言えるのはこれだけしか無い。

「……なに言ってんの？」

「ううん、私は何も言ってないよ？」

「っ、いい加減に……！」

「ふふ、怒らないで。隠されたものは口にできない。だって隠されているから。そういうものでしょ？」

滔々と語られる意味不明の言葉に、あまりにも穏やかに湛えられた笑み。それらは狂気じみた圧力となって、言葉を継ごうとする、亜紀の口をつぐませる。抗弁しようとする亜紀の言葉は尻すぼみになり、やがて、沈黙するしか無くなる。

「…………」

「ふふ、もう行かなくちゃ。じゃあね、ごきげんよう。〝ガラスのケモノ〟さん？」

歩み去る詠子を、亜紀は呼び止めようとした。

「ちょっと……!?」

しかし亜紀の言葉は、そこで止まってしまった。

ぞ、
と詠子が歩き出した途端、詠子の周囲にあった全ての闇が、一斉に動き出したのだ。それらは不可視の気配であり、しかし明らかな〝異形〟であると判る異様なカタチを持つ気配で、それが移動する様は、今までまるで動きの無かった冷たい闇そのものが、突如として動き出したとしか思えなかった。

闇を含んだ全ての景色が、歪んだと錯覚するほどだった。

闇が、闇の中で見えない圧倒的な気配が、詠子に従って動き出した。

それはあたかも、詠子が不可視の〝悪霊の軍団〟を従えているような。

「…………………‼」

詠子は無数の〝気配〟を率い、竦んで動けない亜紀の前で、空目達が侵入するために分けた藪の中に足を踏み入れて、蠢く闇と共に、姿を消した。

2

――――がつっ、

理事長が音を立ててスコップを地面に突き立てた瞬間、その〝花壇〟にあった全ての〝できそこない〟が、土の中へと消えた。

「…………!?」

武巳が黒土の上に座り込んだまま、理事長を見上げると、理事長は凄まじい眼光で武巳を睨み付け、仁王立ちになっていた。

そこは、確かに理事長のための〝場〟だった。

そこに理事長が現れ、スコップを突き立てる音が響いた瞬間、この場に存在する全てのものが動きを止め、静謐が生まれた。

この〝世界〟の主として、理事長は立っている。そしてステッキを、あるいは剣を突くようにして、体の前にスコップを立てると、武巳を見下ろし、王のように威厳をもってその名を一言呼んだ。

「……近藤君、だったな」

そう言って武巳を見下ろす理事長の表情は、異様なほどに静かなものだった。

しかしその目は強烈で、怒りとも憎悪とも取れる感情が、もはや考えられないほどの密度でその内側に押し込められていた。

そもそも武巳は、つい先程までの理事長の表情を、その目で見ている。それはこちらに歩いて来ながら、白く変色するほど唇を引き攣らせた、まさに悪鬼の表情を体現したような、凄まじい憤怒の表情だった。

理事長は怒り狂いながら、ここにやって来た。

それほどの感情が、それほどの表情が、スコップを振り上げ突き立てた途端、一瞬にしてスイッチが切られたかのように、その顔から消え去ったのだ。

地面を突く大きな音と共に、理事長の表情は静かになった。

しかしつい先刻の感情が消え去ったのでは無い。仕舞い込まれたのだ。理事長のその魁偉な体躯と、能面のように固まった表情の内側に、先程の火を吹くかのような表情の全てが、圧縮して押し込まれたのだ。

その様は、人間の形をした別の存在としか思えないものだった。

理事長は武巳と、それから黙々と素手で土を掘り返し続けている稜子を見下ろして、武巳に目を戻し、静かに口を開いた。

「近藤君」

「…………‼」

その穏やかな口調と、全身から発散される狂的な雰囲気は、それだけで気分が悪くなるほどの凄まじい不協和音を奏でていた。

「……分からんな」

　ぴくりとも動けない武巳に、理事長は言った。

「分からんな。きみはどうやってここに来たのだ？」

　理事長は、そう問うた。

「きみは見たところ〝魔術〟を修めた者でも、霊能力者でも無いようだ。それなのに何故、きみがここに居る？」

「………………」

　それは一見質問のようだったが、実際には武巳の答えなど求めていない、ただ自分の中だけで行われる、自問自答の裁判のようなものだった。

「分からんな。どれでも無いならば、何故きみはここに居るのだ？」

「………………」

「そこの娘のように〝七番目の物語〟に呼ばれた訳でも無いようだ。なのに何故、きみはここに居る？　この〝花壇〟は、〝物語〟によって隠されているのだぞ？　誰にもこの〝花壇〟は見えない筈。それなのに何故、きみはここを見付ける事ができるのだ？　私のかけた暗示すら効果を表していないようだ」

　武巳は何かを言おうとしたが、言葉にならなかった。理事長に一睨みされた瞬間、武巳の声は声にならず、怯えの中に掠れて消えた。

「分からん。全く分からん」

理事長は、言う。

「きみ達は、何を企んでいる？　何故——この私の〝務め〟を、邪魔するのかね？」

「…………」

「分からん。実に不愉快だ」

理事長は、吐き捨てる。

「不愉快だな。ようやく私の務めを果たそうというのに、こうも邪魔されては不愉快だとしか言いようが無い。きみ達は本当に自分達がしている事を理解しているのかね？　きみ達は、この学校を——そしてこの世界を、滅ぼそうとしているのだぞ？」

「…………！」

その意味こそ解らなかったが、何やら狂人めいたその言いように、武巳の全身に、一斉に鳥肌が立った。

「不愉快だ」

理事長は、言った。

理事長は語りながら、能面のように固まった表情の端々から、内側に押し込んだ憤怒の欠片(かけら)を垣間見せ始めていた。

静かな形に固まった表情の端々が、内側から押し上げられるように、時折歪む。火を吹くような目だけが、常にその感情の顕現として武巳を見下ろし、そして静かに言葉を口にするたびに、その内側の憎悪が表情を軋ませる。

「愚かしいな。そして不愉快だ」

理事長は、刻むように言葉を吐く。

「きみ達は、この学校が亡くなっても構わないと言うのかね？ いや、きみ達のやろうとしている事は、世界への反逆だぞ」

語る理事長の台詞に、熱っぽいものが増す。

「この学校がこうして存在するためには、ここに〝人柱〟が必要なのだ。脈々と〝人柱〟によって、この学校は維持されなければならんのだ。今この学校に広がっている死と怪異を、きみ達は判っているのかね？ この学校は亡びかけているのだ。だからこそ今は、〝人柱〟が必要なのだ。この学校を亡くす訳にはいかん。この山は、この学校は、〝堰〟なのだ」

おそらく重要な事を語っている。だが武巳には、理解できない。

「私達の祀り畏れる神のための、ここは〝祭壇〟であり〝堰〟だ。〝人柱〟なくしては維持の叶わぬ、巨大にして欠くべからざる〝堰〟だ。我々が代々護ってきた〝神の座〟だ。たとえ形を変えても、それがいかなる犯罪行為であろうとも、私にはそれを〝人柱〟によって維持する義務がある」

理事長は語る。朗々と語る。その意味するところの殆どを理解できなかったが、それでも一つだけ、武巳にも理解できる事があった。

「……〝人柱〟、を？」

「そうだ」

「ここに？　そ、それじゃあ――」

「その通りだ」

理事長は冷徹に答え、武巳は足元の土に、目を落とす。

「やっぱり、この下に――！」

武巳は手を突いた自分の足元の黒土を、呆然と見やった。そしてその中に何か――黒い髪の毛のようなものが混じっている事に、いま初めて気が付いて、声にならない悲鳴を上げかけた。

「…………………っ!!」

「これは、名誉なのだ」

ざりっ、と音を立てて、理事長はスコップを地面から引き抜いた。

「必要であり、それゆえに名誉なのだ。誇るべき名誉だ。それなのに、今や誰も理解せん」

そして、ゆっくりと武巳達に向けて、歩いて来る。

「あ……」

「名誉なのだ」

理事長の目が、細まる。

「誇るのだ」

「……‼」

武巳は動けなかった。

あの〝壁の中に埋められた少女〟の怪談は、〝人柱〟だけを暗示するものでは無かった。気付いた。それは当然ながら見たままの、〝教師による生徒の殺害〟という、ある種都市伝説的な物語を明示するものでもあったのだ。

「…………！」

理事長の非人間的に固まった顔は、僅かな望みすら否定するものだった。

スコップを携えた理事長が、一歩、一歩、近付いて来る。

そしてスコップの先端を引き摺り、持ち上げた。

剣先が振り上げられ、理事長の巨軀の腕と肩の筋肉が盛り上がり、皺の刻まれた理事長の口の端が大きく歪んで——

そしてまず武巳へと、振り下ろされた。

＊

「……くそっ、くそっ！」

一号館の校舎裏で、俊也は呪いの言葉を吐いていた。

校内に侵入してから、俊也達はずっと武巳を探し回っていたが、武巳の言った通りの校舎裏を探しても、どこにもその姿が見当たらなかった。

俊也と空目、そしてあやめは、すでに一号館を一周していた。

しかし武巳や稜子の姿はもちろん、車が停めてある理事長の姿も、その周辺や建物の中にもどこにも見る事は無かったのだ。

「くそ……！」

俊也は、焦っていた。

一号館の裏には、そもそも花壇すら存在していなかった。

全ては武巳の勘違いで、本当は何も起こっていない事を祈ったほどだ。しかし理事長という存在がある以上、そんな期待は無駄だった。

「……くそ、どこだ？」

俊也は呻いた。

校内に満ちる空気は、明らかにここで異常がある事を伝えるものだ。敷地内に入った途端に空気が変わった。それはこの学校内が何らかの〝結界〟で区切られている事を、その知識の無い者にすら理解させるほどのものだった。

この静謐は、俊也には既に幾度も覚えのあるものだった。

最初はやはり学校で、空目が〝神隠し〟に遭って、消えかかった時。

何度経験しても、この感覚には慣れなかった。理性では慣れても本能が、この空気と静寂が普通のものでは無い事を嗅ぎ取るのだ。

「…………くそっ！」

焦りで、俊也は苛立つ。

思わず駆け出しそうになるが、そのたびに空目が止める。

「落ち着け、村神」

空目は言った。

「だがよ……」

「他を探しても無駄だ。理事長の纏っていた〝匂い〟は一号館を中心に立ち込めている」

空目は、断言する。

「近藤の言っていた事は間違いでは無いようだ。少なくとも理事長は、この辺りに潜んでいる筈だ。それでも見付からないという事は、俺達が〝惑わされている〟可能性が高い」

空目は目を細めて、周囲に目を走らせた。

「焦るな。焦るほど、状況は悪くなるぞ」

「くっ……」

確かにその通りだが、今の俊也の精神状態は、決してまともな状態とは言えなかった。

展望台での事を、そしてそれ以前の事を、今は全て引き摺っていた。時間の経過でショックは引いていた、代わりに焦りは時と共に強くなっていた。

「くそっ、どうするんだ？」

俊也は空目に問う。その空目は目を閉じて、数度、鼻を鳴らしていた。どうやら俊也と違って、空目は闇雲に歩いていた訳では無いらしい。あやめを傍らにして、周辺を見回すと、校舎裏を通る通路の真ん中に、静かに立った。

「……この辺りか？」

空目は、そこから校舎の壁を見上げた。

夜空は厚い雲に覆われて曇り、校舎の屋根の上に覆い被さっていた。

見上げた俊也の顔に、ぽつ、と小さな雨粒が落ちる。雨が近いらしい。切れるような冷たい雨粒だと、俊也は感じた。

雨粒が数を増し、ほどなくして雨に変わる。

雨は強くなり、周囲にあった静寂が、雨の音に埋め尽くされる。

「空目……」

俊也は、空目に声をかける。雨に打たれながら、空目は俊也に応えて、小さく頷く。

「……あやめ、どうだ？」

そして空目は、傍らに声をかけた。

あやめは校舎を見詰め――――ぽつりと呟いた。

「あ……」

「どうした？」

「……これ……」

あやめは言葉尻を濁して、そのまま消え入るように、口をつぐむ。

「……あ、あの……いえ……なんでも……ないです」

あやめは言った。

「できると……思います。たぶん……」

そうして俯いた。空目は微かに眉を寄せる。

あやめはそんな空目の顔を一度見上げ、また、伏せる。空目は何も言わず、あやめを見下ろしていた。あやめはそれ以上、何も言わなかった。ただ、あやめは目を伏せたまま、空目の上着の袖を小さく摑んだ。そしてその手は微かに、震えているように見えた。

3

……まず武巳が感じたのは、頭に感じるひどい熱だった。

為す術も無くスコップで頭を殴打された武巳は、頭にひどい痛みと熱を感じながら、花壇の土に突っ伏していた。

「う……」

「う……う……」

ずきんずきんと激しい痛みに襲われ、朦朧とし、口からは呻き声しか出なかった。

衝撃で体の動かし方を忘れてしまったかのように体が動かない。痛みが意識と感覚を塗り潰し、自分の心臓の鼓動がひどく大きく聞こえ、その鼓動に合わせて傷口が激痛を発する。そして傷口の形も判らないほどの痛みと熱の中から、生ぬるい液体が溢れ出す。

ばっくりと割れた頭の皮膚から、驚くほど大量の血が、頭から顔へと流れていた。

それはだらだらと顔を伝って、あるいは滴り落ち、花壇の黒い土へと染み込んで行く。

顔を半分黒土に埋め、武巳は呆然と、目だけで世界を見上げていた。

理事長の巨軀が塔のように闇の中に聳え立っていた。そして脇には、武巳の上着を羽織っただけの稜子が座り込んで、武巳にも理事長にも目を向けず、ただ表情の抜け落ちた顔で、足元を見下ろしていた。

「……これは名誉なのだ」

理事長が、言った。

そして稜子を見下ろして、やがてスコップの刃を、花壇の土に突き立てた。

大きく土を抉り、花壇に穴を穿つ。その穿たれた穴にさらにスコップを突き立て、土を持ち上げ、傍らに放り投げる。

ざくっ………ざくっ……

動けない武巳の横で、ただ理事長の息遣いと、土を掘る音だけが響いていた。

その穴の用途は、どう考えても一つしか無い。稜子を埋めるための穴だ。そして武巳も埋めてしまうための穴だ。

ざくっ……ざくっ……

暗鬱な音が、闇の中に響く。

理事長の手によって、〝人柱〟を埋めるための穴が、掘り進められて行く。

自分を埋める穴が掘られて行く横で、武巳は体が動かない。ただ気が遠くなるような頭痛を感じながら、空しく指先が黒土を摑んでいる。


ざくっ……ざくっ……


無言で、〝人柱〟の穴が掘り進められて行く。

そのうちに、ぽつんと冷たい水滴が、武巳の頰に落ちる。

水滴はすぐにその数を増し、本格的な雨が夜の中に降り注ぎ始める。雨は冷たく武巳の頰を打ち、静寂の空間に雨音を響かせる。

雨の中に、理事長の呟きと、穴を掘る音が響く。

「名誉なのだ」

その光景は、あの〝怪談〟で語られるシーンを、どこか連想させるものだった。

あの〝怪談〟で語られる、雨の降る中で、教師が少女を壁に埋めるシーン。その情景の歪んだ再現のように、理事長は、雨の中で穴を掘り続ける。

「これは誇るべき、名誉なのだ」

理事長は呟く。

あの〝怪談〟の中の教師も、同じ事を呟きながら少女を壁に埋めるのだろうか？

冷たい雨に打たれながら、武巳は自分の墓穴が掘られて行く光景を、呆然と眺めていた。自分の体から体温が抜けて行くのが判り、頭から流れる自分の血の温かさが雨に流されて行くのを、武巳はぼんやりと感じていた。

もう、駄目かな……

武巳は、呆然と思った。

死ぬ。武巳はここで死ぬ。こんな事なら空目の言う通りに逃げていれば良かったのだ。忠告を聞かずに稜子を助けに来て、こんな事になった。結局稜子も助ける事ができず、自分もこんな事になった。

傍らに座り込んでいる、稜子を見上げた。

稜子は焦点の合わない目で、ただ地面を眺めていた。

せめて、助けたかったな、と思った。自分しかできないと思って駆け付けたが、やはり駄目だった。武巳だけでは駄目だった。

ごめんな……

沈んで行く意識で、武巳は思った。

結局武巳が臆病だったのが、悪かったのだ。

皆に怒られるのが怖くて、何もかも隠したせいだ。こんな事になってしまった。そうでなくても今まで、きっと、たくさん悲しい思いをさせたに違いなかった。


ごめんな……


涙が、出てきた。

雨と涙で、視界が滲んだ。

見上げる稜子の横顔が、霞んだ。そして武巳が目を閉じようとした時、稜子の表情が微かに動いて——武巳と目が合い——

稜子は左目だけをひどく顰め、
引き攣るように歪んだ、老獪な笑みをその顔に浮かべた。


「…………!?」

「……完全では無いが、ようやく条件が揃ったか」

その押し殺したように嗄れた声が稜子の口から漏れた瞬間、雨と土の匂いに満たされていた空気に、エッセンスを落としたように別の匂いが広がった。それはこの場に満ちる土と水の匂いに良く似ていたが、もっと遥かに澱んだ、停滞した匂いだった。

それは例えるなら、澱んだ淵の、水の匂い。

そして、それに混じっている、木にぶら下がったまま腐り落ちる寸前の、爛熟した果実の甘い匂い。

それはこの〈儀式場〉の空気を、さらに澱ませ腐らせたような匂いだった。

その匂いが、まるで腐敗が連鎖するように、この〝場〟の空気を変質させて行った。

その変質に気付いたのだろう、穴を掘っていた理事長の動きが、止まった。その様子を背景にして、稜子が――いや、稜子の形をした〝その男〟が、肩から羽織った上着をマントのように前で掻き合わせて、その場へゆっくりと立ち上がった。

――――ざわ、

と音を立てて、風が吹いた。

武巳達に背を向けていた理事長が、ゆっくりとこちらを振り返った。理事長は信じられないものを見るように、目を見開いて、稜子を見た。そして今までの非人間的な超然とした挙動からは考えられないほどの、狼狽を露わにした声で叫んだ。

「馬鹿な！　その〝気配〟――――まさか摩津方か⁉」

「そうとも、理事長」

稜子の中の〝魔道士〟小崎摩津方は、稜子の顔を非対称に歪めた、引き攣った笑みを理事長に返した。理事長は驚愕の表情でその摩津方の表情を見る。摩津方は右目を見開き、左目を強く顰めた、あの特徴的な表情で、理事長を見て、そして武巳を見下ろした。

「な………………」

武巳は、呆然とその光景を見上げた。

何が起こったのか判ってはいたが、思考が停止していた。その稜子の顔をした別のものは、武巳を見下ろして言った。

「貴様は――――会うのは二度目だったな。何を今更驚く事がある？」

「……っ⁉」

「この娘が〝三人目〟の末子である事を思い出せば、こうなる事は判っていた筈だ。この娘は思い出したのだ。貴様達もその可能性は判っていたのだろう？」

そう言って摩津方は、くくと笑った。それは呆然としている武巳を嘲る、陰湿な響きをした嗤いだった。口の端から八重歯が覗く。

「そんな馬鹿な……亡霊か⁉」

理事長が叫んだ。

「おまえは死んだ筈だ。この学校で、首を吊って！」

「そうだとも」

摩津方は、答えた。

「そう、それは事実としては実に正しい。だが亡霊というのはいただけんね。魔道の徒が言うべき言葉では無い。それは霊媒の言葉だよ」

理事長の叫びに、摩津方は喉の奥から暗鬱な笑みを漏らす。それを聞いた理事長の表情が、徐々に落ち着きを取り戻して行く。そして考え込むようなしばしの沈黙の後、理事長は再び口を開く。

「……とても信じられんが、その言いよう、まさに摩津方だな」

理事長は呻いた。

「だが、その悪趣味な姿は何だ？　転生した訳でもあるまい。年が合わんし、そもそもお前は摩津方そのものではないか。亡霊以外の何だというのだ？　霊媒の仕業以外の、何ものでも無いではないか」

理事長はそう言うと、その眉根を強く寄せる。

摩津方は笑った。

「あれは自殺では無いよ。理事長」

「何だと？」

「私は、かの魔術神オージンに倣って首を括った。オージンはトネリコの樹で首を吊り、臨死状態で冥界からルーンを持ち還った。また彼は片目を捧げる事と引き換えにして、知識の泉も得た」

「北欧の神話か？　それがどうした」

「今の私も、同じという事だよ、理事長。私も生と死の狭間に身を置いて、魔術の奥義を極めようとしているのだ。より膨大な知を求めて、私は死と輪廻転生から外れ、自らの存在を偏在化させる事にした。今の私は全にして一。アーカーシャの澱みに身を浸す〝澱みのアウゴエイデス〟。〝神〟や〝悪魔〟、あるいは〝妖怪〟と呼ばれるものに近い存在だ。〝精神寄生体〟と言っても良い」

「………………」

摩津方の言葉に、理事長は眉を顰める。

「人の器を捨て、自ら『物語』と化したか……」

「その通り」

「……醜悪な！　まあいい。お前が何になろうが私には関係ない。だがお前は何をしに、ここに現れた？　我々の守るべき『物語』はここだ！　つまりお前は『宮司』の務めを捨てた訳ではないか！　〝括りの家〟の裏切り者め！」

　理事長は摩津方を威嚇するように、言い放つ。呪殺せんばかりに摩津方を睨み付ける。しかし少女の姿をした〝魔道士〟は畏れる風も無く、理事長をせせら笑った。

「初めからその家と血筋が目当てだ。裏切りも何も無いわ」

「貴様……！」

「だがな、今ここに私が来たのは、その『宮司家』の使命に目覚めたからだよ、理事長」

　からかうようにも聞こえる摩津方の言葉に、理事長の白い表情があの火を吹くような憤怒を露わにする。

「何を、巫山戯た事を！」

「本当だとも」

　摩津方は、言った。

「お前は敵を見誤っている。お前が『宮司』としてこの学校という〝堰〟を守るのなら、我々が倒すべき敵はこの娘でも、そこの小僧でも無く――――」

　そう摩津方が言った、その瞬間だった。

　この〝場〟に満ち満ちていた異様な空気が、まるで破裂するように、一瞬にして完全に消え失せた。

「！」

ぱちん、と音さえ聞こえそうなほどに、この場にあった空気の澱みが、一瞬にして違うものと入れ替わった。そしてこの〝花壇〟の周辺に張り詰めていた得体の知れない閉塞感が、まさに刹那にして、消えて無くなった。

「な……！」

理事長が、驚きの表情でそちらを振り返った。

「――――近藤っ！」

聞いた事のある声が、武巳を呼んだ。

それは緊張の張り詰めた、村神の声だった。

「…………陛下……村神……」

武巳は気が緩むと共に、暗転する意識の中、向こうに見える二人の名前を呟き――――そしてそれと同時に、ふん、と面白く無さそうに鼻を鳴らした、摩津方の声を意識のどこかで、遠く、遠く、遠く――――聞いた。

4

──還ろう、還ろう、風のものたちの故郷へ。
それは山の神おわす土地。神畏れ祀る社。
還ろう、還ろう、人でなきものの故郷へ。
それは赤き空ひらける土地。神畏れ祀る社。
還ろう、旅人惑わす幻の地へ。
還ろう、村人惑わす妖の地へ。
還ろう、還ろう、人でなくなりし者達の故郷へ。
それは贄喰らう隠されし山。贄喰らう隠されし、神畏れ祀る社──

その〝詩〟があやめの口から紡ぎ出された刹那、一陣の風が雨を薙ぎ払った。

「！」

吹き付ける風雨に一瞬目を閉じたその直後、俊也の前にあった校舎裏の景色は、一瞬前とはまるで違うものへと変化していた。

あやめを中心に世界が反転して、全く違う景色が俊也の目の前に広がっていた。だが今までどんな景色が見えていたのか、その記憶が、目覚めた後の夢のように霞み、急速に思い出せなくなっていた。

「…………っ！」

しかし、これだけは確実に判る変化だった。

校舎の足元に、今までは存在していなかった、大きな〝花壇〟があった。

そして、そこに敷かれた何も植えられていない黒土に、スコップを手にした理事長が立っていた。そこには稜子が立ち、武巳が倒れていて、武巳の顔は暗闇でもそれと判るほどの大量の出血で、赤く、赤く、赤く、染まっていた。


「────近藤っ！」


俊也は叫んだ。

「…………」

空目が目を細め、一歩、前へ進み出た。

稜子が、糸が切れたようにその場にへたり込んだ。理事長は俊也達を驚愕の表情で見詰め、座り込んだ稜子を、そして武巳を見やり────手にしたスコップを花壇の土に突き立てて、その表情を厳しいものに変えた。

「つまり……お前が、〝敵〟という事か？　吉相寺の息子」

理事長は、低い声でそう言った。

空目は答えた。

「何を言っているのかは知らんが、少なくともこの状況では味方にはなりようが無い」

「そうか」

理事長は底冷えのする目で、空目を見やった。空目はその眼光を平然と受け止めると、冷静に状況を見た。そして理事長を睨んだままで、小さく俊也に囁いた。

「近藤がまずいな」

「……ああ」

俊也は頷く。

見たところ、武巳は頭からの出血が酷かった。

しかしそんな目立つ傷よりも、武巳が殆ど動かず、意識も無いらしい事が問題だった。意識が無くなるほど頭部を殴打されているとなると、それは可能な限り早く病院で処置して、精密検査を行わなければならない怪我だった。

下手をすると、脳内出血で意識が混濁している事もある。

そうなれば早く処置しなければ死ぬ。命が助かっても後々まで障害が残る。

一刻の猶予も無い事は、明らかだった。俊也は徐々に空目から離れて、理事長の死角に回り込むようにして、徐々に、徐々に、間合いを詰めて行った。

「…………」

この何の遮蔽も無い場所では露骨に目立つ動きだったが、間違い無く気付いている筈の理事長は、俊也などには目もくれなかった。

ただ理事長は、空目と睨み合っていた。

雨が、それぞれの髪を、服を濡らして行った。

そして俊也の髪から顔に、雨水が流れ落ちて行った。

「…………」

しばし。

降り続く雨の中、やがて空目が、口を開いた。

「そこの二人を、返してもらおう」

雨の音が埋め尽くす中、理事長は空目を睨んだ。

「用は、それだけか？」

「そうだ」

その空目の答えに、理事長は苛立たしげな表情になった。

「きみは……きみは、自分が何をしているのか判っているのか？」

理事長は、叫んだ。

「きみのやった事はこの世界を危機に陥れる愚行だ！　きみはこの学校が、ひいてはこの街が滅び去っても良いと言うのだな！」

「…………」

怒りで血の気の引いた顔を真っ白にし、その目に火を吹くような怒りを湛え、理事長は口角に泡を飛ばして、その狂的な内容をわめき散らした。

「ここは聖域だ。きみはそれを大勢で踏み躙り、汚しているのだ！　今、この学校が置かれている状況を、きみは理解していない。この学校に広がっている〝怪異〟の種子は、確実にこの学校を血で汚し、亡びへと向かわせているのだ！　この学校が失われれば、この脆弱な世界は卵の殻のようなものだ。どのような悲劇に見舞われるか判らんのだぞ！」

その理事長の語る話は、あまりに異常な内容だった。空目は答えず、ただ理事長を見詰め、その空目の態度に、理事長はさらに激昂する。

「お前は理解していない！」

「………」

「いいか、この学校は〝堰〟なのだ！」

理事長は、大きく手を広げて、叫ぶ。

「遙か昔より、この山の神は我等『宮司』の家が祀って来たのだ！　〝生贄〟を用いて、人を攫う神を慰撫して来たのだ！　羽間という土地が人の住む土地でいられるのも、全ては我々が山の神を祀って来たからだ。我々が、この羽間の土地を守っているのだ。我々『宮司』が贄を捧げて来たから、この羽間の地は存在する。この学校も、全てはそのために作られた里の世界を守るための装置なのだ！

時の流れの中で『宮司』は忘れ去られようとしているが、我等は代わりに神が麓へ降りるのを堰き止める〝堰〟として、この学校を創った。大迫摩津方の持ち込んだ〝魔術〟の論理を利用して、決して崩れぬよう〝人柱〟を用いてだ。しかし神を堰き止めるには、一人の〝人柱〟ではとても足りん。そのために『宮司』の最後の守人として、この〝祭司〟である私が居るのだ！」

凄まじい形相で、雨に濡れながら捲し立てる。

「……これは、私の使命だ」

そして理事長はそこで突然、爆発的に発散させていた感情を圧縮するように、急に言葉の調子を落とし、言った。

「また大迫の家が消えた今、吉相寺であるきみの使命でもある」

「俺の知った事では無い」

「きみの祖母も心配していた。だから、大人しくしていたまえ。いずれ、きみもこの使命の重要性に気付く時が来る」

「断る。その二人を返せ」

空目がにべもなく答えると、理事長の表情が、すっ、と消えた。

そして理事長は突然スコップを持ち上げ、音を立てて地面に突き刺した。その地面を抉る音が響き渡った瞬間、理事長と、そして周囲の空気が、また一変していた。

「……分からん子供だ。くずめ。愚か者め」

理事長の声が、雨音の中に、静かに沈む。そう言う理事長は今までとは一転して静かな表情をしていたが、その内側には隠し切れないほどの憤怒が詰まり、双眸に押し殺しきれない怒りの感情が宿っていた。

その外面と感情、雰囲気と言葉が凄まじい不協和音を奏でた。

それは見る者、聞く者の感情を軋ませ、俊也の背筋に冷たいものを走らせ、あやめが気分の悪そうな表情をして顔色悪く口元を押さえた。

「……！」

「愚かだ。愚物だ。実に愚かだ。やはりきみが〝敵〟か」

理事長は淡々と、空目を見据えて言った。

「ならば、きみは危険な存在だな。きみには何がしかの〝異能の才〟がある。幸い、きみは〝魔術師〟には向かんようだがね。魔術の源は〝衝動〟だ。想像力、集中力、精神の統御は〝魔術〟に必須だが、それを支えるのは強い〝感情〟と〝衝動〟だ。それがきみにはどちらとも欠けている。致命的にな」

黙って見返す空目から視線を外し、理事長はあやめに目をやる。

「だが――――その娘を引き寄せたのは、厄介だ」

「！」

あやめが理事長に睨まれ、怯えたように空目の陰に隠れる。

「その〝捧げられた娘〟は、やはり問題だったな。気付くべきだった。まさかこの〈礎〉を隔離している結界を開くとは」

今まで黙って聞いていた空目が、理事長の言葉に反応して、呟く。

「〝捧げられた〟？」

「――――きみは、本当に何も知らんのだな」

理事長が、空目を見下ろした。

そして理事長はそう言うとしばし沈黙し、やがて口を開いた。

「……よかろう」

「何だ？」

「どうせ結界が破れた今、〈儀式〉は中止だ。台無しだ」

理事長がそう言って鼻を鳴らすと、その〝場〟に満ちていた異様な空気が霧散して、消えて無くなった。

「今日は、ここまでにしておこう」

ただの夜と化した〝花壇〟で、理事長は言った。

「いずれ、きみ達とは時と場を改めて話をする場を設けるとしよう。その時まで、この件は置いておこうではないか」

「は……？」

その言い分に、俊也は一瞬呆(ほう)けた。

「その二人も諦めよう、連れて帰りなさい。その代わり私の事も忘れて、今夜の事は無かった事にするんだ」

「……ふざけるなよ」

突然勝手な台詞を吐き始めた理事長に、俊也は言い放った。

「信用できるか！　何を企んでる？　これでやめるという保証があるのか？」

俊也は吠える。

「大体……てめぇはもう一人目を殺してるだろうが！」

そうだ。すでにこの〝花壇〟の下には最低でも一人の少女――西由香里が、理事長の手で埋められているのだ。

この男は人殺しで、それを何とも思っていない男なのだ。

ここで話を置いて放置すれば、必ず次が起こる事は間違い無いのだ。

「村神」

だが、そんな俊也に空目は言った。

「構うな。行かせろ」

「！　なんでだ？」

俊也は驚いて、空目を振り返る。

空目は目を細め、理事長を見やった。

そして言った。

「人質のある交渉だからだ」

「！」

その遣り取りを聞くと理事長は、歪んだ笑みを浮かべ、手にしたスコップを土から引き抜いて見せた。その手の届きそうなほど近くには、倒れて動かない武巳が居る。そしてその脇には呆けて座り込んでいる稜子もいる。

スコップを振り上げて、振り下ろせばすぐだ。

すぐに頭でも何でも、叩き割る事ができるだろう。

それに、武巳や稜子の状態も心配だった。すぐにでも医者に見せなければ、どうなるか判らないのだ。

「ぐ…………！」

俊也は呻いて、奥歯を噛み締めた。

笑みを浮かべ、理事長は俊也や皆を見回した。

「今日はこのような形になってしまって、実に残念だ」

そして、そう言って、暗鬱に笑う。

「いずれまた、場を改めて話し合ってやる。その時は私が正しいのだと、きみ達もおそらく理解する筈だ」

そして理事長が手にしたスコップを下げ、俊也達が睨み付ける中、雨に濡れながら悠々と歩み去って行こうとした――――その時だった。

「……ふふ……………やーっと見付けた」

「…………!?」

その声に、理事長が動きを止めた。

場に突然響き渡った少女の声が、その瞬間、雨に緩んだ闇を、ぴん、と振るわせた。

聞こえた瞬間、少女の声によって空気が調律されたように振動し、張り詰めて、そして固定された。その刹那を境に、世界は三たび塗り替えられ、恐ろしく透明な、余りにも純粋な、何よりも狂った、停止した空気が満ち満ちた。

広がった。〈儀式場〉に。優しく、静謐に、狂った空気が。

そしてその空気の主が、地面に溜まった雨水を踏みしめて、闇の中から現れた。

現れた。〝魔女〟、十叶詠子が。

その瞬間、周囲の闇という闇が一気にその濃度を増し、息苦しくなるほどの重さを持つ闇がこの場に雪崩れ込んで、蠢く気配が闇の中に無数に浮かび上がり、集まり、濃縮され、異様な気配が、この周囲一帯に涌き出した。

「…………!!」

「こんばんは。みんな」

詠子は微笑んで、雨の降る中で一礼した。

誰もその挨拶には応えなかったが、詠子は気にする事も無く、皆に笑いかけた。そのあまりに自然体な動作に、しかし俊也を含む誰もが、気圧されていた。詠子の放つ存在感がこの場の全てを駆逐し、全てを〝透明な闇色〟へと、染め上げてしまった。

あまりに自然で、圧倒的だった。

誰もが思考停止する中、詠子は笑った。

「やっと見付けた。こんな所に隠れてたんだねえ……」

詠子は、言った。それはこの場に居る皆へと発された言葉であり、またこの場に居る誰に対しても発された言葉では無かった。

「そっかあ」

詠子は、花壇をゆっくりと見回す。

そして、

「こんな所にあったんだねぇ、〝七番目の物語〟」

空目達に向かって、微笑みかけた。

「ありがとう。みんなのおかげで見付かったよ。ずっとこの『場所』を探してたの」

「な……!?」

「ずっとこの時を待ってたんだよ。欠番だった『物語』が開封されて、そしてその『舞台』を覆ってた幕が取り払われる時を。その時が来たから、やっと見えた。だって〝隠された物語〟だから。私は素直だから、私にはどうしても、見付けられなかったんだなぁ」

俊也は戦慄する。何を言われているのかは見当も付かないが、明らかにこの場にいる全員にとって歓迎できる事態に思えなかったからだ。その響きからは想像も付かないが、これは明らかにこの場の全てに対する宣戦布告に類する台詞だった。

「ありがとう」

詠子は微笑った。

「このために、全ての出逢いはあったの。〝隠し神に捧げられた少女〟と、〝神隠しになれなかった少年〟の出逢いは」

「…………!」

「このために、出逢いはあったの。〝神隠しになってしまった男の子〟と、全てを見聞きする少年の出会いは」

「…………！」

「このために、私は学校を壊して行ったの。壊して行けば、いつかは〝隠された物語〟が出て来るから」

「…………！」

「このために、生徒と秩序を壊したの。といっても、みんなの望みに従って行けば自然と壊れて行くんだけど、それでも沢山の子達に、可哀想な思いをさせたね……」

皆は絶句し、ただ呆然と、聞くしか無い。

「それで――沢山の、沢山の〝物語〟で、学校と子供達を壊して、やっと私は〝隠された物語〟を見付けた」

詠子は詠う。

「この学校に隠された、〝七番目の物語〟を。神様を堰き止める〝堰〟の物語を。それからこの場所を。この学校を守り、壊す秘密。学校の〈礎〉。この学校の秘密の〈土台〉。物質の学校では無くて、〝異界〟の側の、本物の学校を支える根源の〈礎石〉」

ただ、ただ、詠子は詠う。

「やっと見付けた」

そして、詠子は。

「私は、どうすると思う？」

詠子は、皆を見回した。

「私はね、この〝堰〟の土台を、抜き取ろうと思うの」

微笑んだ。

「世界の箍が、外れるの。

後は、崩れ落ちるだけ」

静寂。

雨音。

「――貴様かあ――――――――――っ！」

理事長が凄まじい叫び声を上げて詠子に突進した。理事長の巨軀が雨に濡れた土を蹴り、手にしたスコップの先が引き摺られる音が甲高く響き、詠子は微笑みを浮かべてそれを見やり、理事長の足音が「がくん」と止まり、花壇の黒土の中から白い手が伸び、理事長の足を、引き摺るスコップの先を、脛を、膝を、腿を、腰を、スコップの柄を、手を、腕を、腹を、胸を、首を、頭を、髪の毛を摑んで――

理事長の姿が、土の中に掻き消えた。

…………………

…………………

ざあ――っ、と雨音が、夜の校舎裏に響き渡った。

雨の音と闇が、がらん、とした空間一杯に広がった。

そして何の気配も失われた空虚な校舎裏に、人影が残された。俊也が、空目が、あやめが、そして意識の無い武巳と稜子の姿が――ぽつんと、それだけ、残された。

…………………

終章　人の中に

　…………


　武巳が検査を含む五日の入院を済ませた日、臨時休校は、とっくに終わっていた。

　学校が始まった。学校は休み前と同じようにカリキュラムを始め、ただ少しの休み惚ぼけの感覚と共に、今まで通りにする事を全ての生徒達に促した。

　もちろん武巳達にも。武巳も入院による体の鈍りもすぐに取れ、数日で今まで通りの生活を思い出した。同室の沖本も帰って来た。少し表情に影があるものの、そして少し無理を感じるものの、それでも武巳と下らない話をし、笑顔を見せるようになった。

　始まった学校は、当たり前の事だが何も変わっていなかった。

　授業も、今まで通りに、いつも通りに始まった。

　忙しかったり眠かったりする授業を、毎日繰り返す。

　そういうシステム。そして生徒達は、今まで通りのサイクルの中に、身を浸して行く。

　こうして不可解な事件を発端にした臨時休校は終わりを告げ、学校にはいつも通りの光景が戻って来た。

また、学校は普段通りの顔を取り戻していた。

休校の効果だろうか、立て続けに起こった血腥い事件の記憶は、すっかり薄まっていた。

あの飛び降り自殺も、美術室の惨劇も、誰もがその話題を口にする事の無い、単なる記憶になって行った。

こうして見ると、休校は十分目的を果たした事になる。

一週間の休校の効果。

しかし——その間に幾つかの事件が起こっていた事を、知る者は少なかった。その事件は休校の間も帰省せずに学校に残っていた、少数の生徒達の間で起こっていた。

ある一年生の女の子が、シャワー室から行方不明になった。

そして同室の女の子が、精神を病んで入院した。

その二つの事件は間違い無い事実だったが、話そのものは噂の域を出なかった。まさに事件が起こった時、現場に居た人間が極めて少なかったせいで、それらは噂として広まり、そのために現実感が薄れ、やがて人の口に上らなくなった。

事実は、噂の中に消えて行った。

また、もう一つの事実は、生徒達の預かり知らぬところで消えて行った。

それは、この学校の理事長の失踪という事実だった。臨時休校中に理事長が失踪し、しばらく行方不明として理事長不在が続いたが、そんな事は生徒の耳には入らず、やがて新しい理事長が理事の中から就任して事件は影も形も失われてしまった。

全てが、どこかに消えていった。

この学校は、未だに普通の、何の変哲も無い学校であり続けている。

噂の全てが確かな事実である事を、知る者は無い。

沖本が時々夜中に泣いている事を、武巳以外に知る者は、無い。


……………


多くの生徒に取って、全ては闇の中だ。

あの夜の後、武巳達は空目が再び呼んだタクシーによって、病院に運ばれた。

その時武巳の意識は既に無く、武巳が気が付いたのは病院のベッドで一日近くが経ってからだった。あそこに居た五人の中では武巳が最も重症で、幸い脳に出血などは無かったが、武巳は頭蓋骨側頭部に罅(ひび)が入り、頭皮を五針縫い、短期だが入院を余儀なくされた。

とにかく、自分が生きている事を、武巳は実感した。

そして次に後遺症も無さそうだという事に、安心した。

だが傷の辺りの髪を剃られたので、そのままだと皆に笑われそうだ。しばらくの間は帽子か包帯かガーゼか——そういった傷の辺りを隠すものが、必要になるだろう。

入院二日目に、皆が見舞いに来た。

皆で話をして、そしてそのうち、例の事件の話になった。

皆があれから状況を調べていて、纏めてくれた。と言っても伝聞の情報も少なく無く、実際にどうなっているのかは、正確に知るのは難しいようだった。

シャワー室で行方不明になった西由香里は、結局あのまま行方が知れなかった。

そして由香里に関する話を武巳達に持ち込んだ夏樹遙は、あの校舎裏の事件があった夜と前後して、何かの神経症を病んで自宅に帰ったという事だった。

どうやら遙は入院か、少なくとも精神病院への通院をしているらしい。それが事件や怪談と関わりがあるのかは、一度会ったきりの、直接の友達という訳では無い武巳達には、詳しく知る方法が無かった。

あの花壇で〝白い腕〟に掴まれた理事長先生も、それきり見付からなかった。

結局そのまま行方不明という形になってしまい、捜索願が出されているらしい。

しかし、こうなってはもはや見付からないだろう事を、少なくとも武巳は確信していた。現場こそ見なかったが、話に聞いた限りでは、あの〝怪異〟に遭って無事に帰れるとは、到底思えなかった。

そして話は、とうとう〝魔女〟についてに移行した。

皆は詠子に関しては憶測すら言えなかったが、その時意見を求められた空目は、後日空目の母親の家で話をしようと提案した。

武巳が退院してから、その話を改めてしようという事だった。何か空目は思うところがあるらしく、そのためには母親の家に行くのが都合が良いようで、皆もそれに納得し、武巳の退院を待って、吉相寺家へ向かう事になった。

それから色々な、話をした。

そして、その日は皆と別れた。

だが——武巳はその日、決して皆には言わなかった事があった。それはあの夜、あの花壇で、稜子の中に小崎摩津方が蘇った、あの事だった。

この日見舞いに来た稜子は、全くいつもの通りだった。

あんな事があったとは思えず、武巳が殴られた時に見た幻覚かと思わせるほどだった。

武巳も、夢の事だと思いたいのは山々だった。だが残念ながら、そういう訳には行きそうに無かった。

あの時空目達が助けに来て、気の抜けた武巳は気を失った。

そしてその刹那に、武巳は摩津方の声を聞いたのだ。

『――娘を無事に済ませたいなら、私の事は言うな。

案ずるな。黙っていれば悪いようにはせんよ――』


それは武巳だけに聞こえるように呟かれた、小さな言葉だった。

そしてその脅迫に、武巳は従ったのだ。

武巳は摩津方については一切口にせず、稜子とも皆とも、普通に会話してのけた。

内心ではバレないかと不安だったが、特に不審に思われた様子は無かった。

武巳は意識を取り戻してからずっと考えて、覚悟を決めていたのだ。

嘘は苦手な武巳だったが、これは覚悟が違った。

確かに武巳は形の上で摩津方に屈したが、この脅迫に従ったのは、今までのような流されての事では無かった。

これは完全に、武巳自身の意思だった。

ずっと、武巳は病室で寝たまま考えていたのだ。

そして見舞いに来た稜子の姿を見た時、完全に決めた。

稜子の無事のため、とりあえず当面は黙っている事にした。あの後の、いつもと全く変わりの無い稜子が、本物の稜子なのか、それとも摩津方の仮面なのか、判断が付かなかったという理由もあった。

ただ、それでも、武巳は決めたのだ。

あの夜に、誰にも頼らず稜子を助けに行こうと決めた、あの時の決断は忘れないと。

武巳は必ず、稜子を助けると決めたのだ。そして完全に稜子を助けた時に、今まで先送りにしていたあの答えを、稜子に言おうと決めたのだ。

そのためなら、こんな嘘など。

何という事も、無い。

強さが欲しい。

強くならなきゃいけない。

ただ、稜子に関わる時だけでいい。

いざという時だけでもいい、強さが欲しい。

………………………

………………………

＊

しばしの日が過ぎて。

武巳退院後の最初の休日、一同はバスに乗って、再び空目の母の家へやって来た。

武巳が入院中に約束されたこの訪問は、重大な手掛かりを訊ねるためのものだった。吉相寺の家はかつて山の神を祀っていた『宮司』と呼ばれる家であり、その役目はあの理事長にも繋がっていて、また〝魔女〟の目的にも通じている可能性があった。

家へ向かう途中、バスの中で空目は皆に説明していた。

「もし、この仮定が間違っていなければの話だが——俺達は完全に〝魔女〟に謀られた事になる」

空目は、そう言った。

「これまでの状況から考えると、〝魔女〟の目的は人を攫うといわれる〝山の神〟をどうにかするもののようだ。そしてあの学校は〝山の神〟を抑えるための〝堰〟として『宮司』の家が創り、それを理事長が〝人柱〟で維持していたようだ。

それを破壊するためには〝人柱〟のある〈土台〉を見付けなければならない。だが、それは魔術的に厳重に隠されていたため、〝魔女〟には見付ける事ができなかった。〝魔女〟は学校全体に異常事件を起こして学校の〝堰〟としての機能を弱らせ、理事長が修復のために隠されていた『物語』を出して来る事を狙った。そして俺達はそれにまんまと利用され、その『隠された物語』に手を出し、あやめを使って〝結界〟を破壊して〝魔女〟を〈土台〉に招いた。

あの理事長は異常者だったかも知れんが、少なくとも〝魔女〟の目的の最大の障害だったらしい。あれはあれで、世界の守護者だったのかも知れんな」

説明する空目の表情は、微かに不愉快そうだった。

亜紀が呟いた。

「……悔しいね」

「相手になっていなかったな。だが、情報は揃いつつある」

空目は目を細めた。

「次は、負けられんな」

そう言った。そして空目は窓の外を見て、それ以上何も言う事は無かった。


……吉相寺という名のその屋敷を武巳達が訪ねるのは、二度目だった。

その日も前と同じく空目の祖母が皆を迎えたが、前回と違うのは、武巳達が話しに来たのでは無く、空目の祖母に話を聞きに来たという点だ。

この吉相寺の家は、羽間に根差す『宮司』の家だった。

そして空目の祖母は、裏で同じく『宮司』であった、理事長と繋がりを持っていた。

「どういう事か説明してくれ」

空目は祖母に、前もってそう問い詰めたようだ。武巳達が家に着いた時、空目の祖母はすでに準備ができていて、皆をリビングに通すと、昔の事を語り始めた。

「……『宮司』というのは、三つの家がやるものでしてね」

リビングの椅子に座ったお婆さんは、ぽつり、ぽつりと、手元で話す予定の内容を指折り数えながら、『宮司』について説明した。

「山の神様が怒らないように、昔から供犠を上げていたのですけど、それは娘を他の土地から買って来て、上げるのですね。吉相寺というのはそのための家で、買って来た娘を育てて、綺麗なおべべを着せて、手を引いて山へ連れて行くのが仕事だったんですよ。次に大迫が娘の首に紐をかけて、山の樹に吊るす。それから三塚、理事長さんのお家が、樹に吊るされた娘の死骸を山に埋めるんです。

〝人買い〟と〝括り〟と〝塚盛り〟。これだけの仕事を分担して、『宮司』は供犠を山の神に上げていたの。いま考えると酷い事をしてますけど、なにせね、昔の事だから。この羽間では〝入らずの山〟の神様がとてもとても怖がられてたそうですから、飢饉とか病気とか、神隠しとか、何かひどく悪い事があったら『宮司』が供犠をお上げしたそうよ。私の知ってる限りでは、昭和のはじめ頃までは上げてました。私が娘時代の頃ね。

それからは『宮司』も時代で流行らなくなって、うちが抜け、大迫さんが抜け、とうとう三塚さんしかやらなくなったの。その三塚さんも山に〝堰〟を建てて、山神様が里まで降りて来ないようにする方法を考えて、人の娘は使わないようにしたの。そうやって時代に合わせて来たんでしょうね。だから今残ってる『宮司』さんは、三塚さんだけなの」

お婆さんは言う。どうやら理事長が裏でやっていた〝人柱〟を、お婆さんは何も知らないようだった。

「だから、やりかたも、うちには残ってません。なーんにも残ってません」

そして、そう言うお婆さん。

「後を全部三塚さんがやるっていう約束で、土地も、お金も、物も、伝え事も、殆ど三塚さんに渡しました。他は全部焼きました。何にもありません。ほんの少しだけ、昔の物が残ってるだけ」

その口振りには、明らかにかつて自分の家がやって来た事を恥じていて、もう関わりたく無い、掘り返して欲しく無い、という様子が窺えた。

「私が知ってる事もありません。なにせ娘時代でしたから」

そう突き放す、お婆さん。

「唯一わたしが知ってるのは、私が子供の頃に最後の供犠さんを見た事がある、その思い出だけですよ。当時はよく判らなかったから、ただ綺麗な娘さんだと思ってたわね」

語れるのはそれだけ、と。だが人身御供の習慣が生きていて、その目で見た事があるだけでも大変な事だ。生き証人とはこういう事を言うのだろうと、武巳は思った。

お婆さんの話は、それで終わり。

「でもねえ………不思議だわ」

だがそこまで言うと、お婆さんは唐突に首を傾げた。

「前見た時も驚いたけど、その子ね、そっくりなのよ」

「……なに？」

空目が眉を寄せる。

「本当よ。だからつい、三塚さんに電話しちゃったのよ。あんまり吃驚したものだから」

「…………」

異様な空気になる皆の前で、お婆さんは言った。

「今日こうやって見ても、本当にそっくりなのよ。顔から、服まで。だから、吃驚してるのよ。その最後の供犠さんに、その子、生き写しだわ」

お婆さんは、ちょこんと椅子に腰かけているあやめを見ながらそう言うと、おっとりと首を傾げて、ふう、とひとつ、溜息を吐いた。

<初出>
本書は2003年5月、電撃文庫より刊行された『Missing 8 生贄の物語』を加筆・修正したものです。

この物語はフィクションです。実在の人物・団体等とは一切関係ありません。

【読者アンケート実施中】
アンケートプレゼント対象商品をご購入いただきご応募いただいた方から抽選で毎月3名様に「図書カードネットギフト1,000円分」をプレゼント!!
https://kdq.jp/mwb
パスワード
ttytn

■二次元コードまたはURLよりアクセスし、本書専用のパスワードを入力してご回答ください。
※当選者の発表は賞品の発送をもって代えさせていただきます。 ※アンケートプレゼントにご応募いただける期間は、対象商品の初版(第1刷)発行日より1年間です。 ※アンケートプレゼントは、都合により予告なく中止または内容が変更されることがあります。 ※一部対応していない機種があります。

メディアワークス文庫

Missing8（ミッシング）
生贄（いけにえ）の物語（ものがたり）

甲田学人（こうだがくと）

2021年10月25日　初版発行
2024年12月10日　再版発行

発行者　山下直久
発行　株式会社KADOKAWA
〒102 - 8177　東京都千代田区富士見2 - 13 - 3
0570-002-301（ナビダイヤル）
装丁者　渡辺宏一（有限会社ニイナナニイゴオ）
印刷　株式会社KADOKAWA
製本　株式会社KADOKAWA

※本書の無断複製（コピー、スキャン、デジタル化等）並びに無断複製物の譲渡および配信は、
著作権法上での例外を除き禁じられています。また、本書を代行業者等の第三者に依頼して複製する行為は、
たとえ個人や家庭内での利用であっても一切認められておりません。

●お問い合わせ
https://www.kadokawa.co.jp/（「お問い合わせ」へお進みください）
※内容によっては、お答えできない場合があります。
※サポートは日本国内のみとさせていただきます。
※Japanese text only

※定価はカバーに表示してあります。

© Gakuto Coda 2021
Printed in Japan
ISBN978-4-04-914063-7 C0193

メディアワークス文庫　https://mwbunko.com/

本書に対するご意見、ご感想をお寄せください。

あて先
〒102-8177　東京都千代田区富士見2-13-3
メディアワークス文庫編集部
「甲田学人先生」係

メディアワークス文庫

甲田学人

「君の『願望(のぞみ)』は――何だね？　そして、君の『絶望』は――」
満開の夜桜の下、思わず見とれるほど妖しく綺麗に佇んでいたのは
密かに憧れていた従姉だった。彼女はその晩、桜の木で首を吊る。
――彼女は、あの桜の中にいる。……彼女に会いたい。
そう信じ、願う男は、遂に人の願望を叶える
夜色(ヨルイロ)の外套(マント)を身に纏う昏闇の使者と遭遇する。
曰く、暗闇より現れ、人の望みを叶えるという生きた都市伝説。
夜より生まれ、この都市に棲むという、永劫の刻を生きる魔人。
そして、恐怖はココロの隙間へと入り込む――。

「この桜、見えるの？
……幽霊なのに」

鬼才・甲田学人が紡ぐ
渾身の怪奇短編連作集――。

発行●株式会社KADOKAWA

メディアワークス文庫

時槻風乃と黒い童話の夜 第3集

甲田学人

――少女達にとって生きることとは『痛み』だ。

そして「シンデレラ」「ヘンゼルとグレーテル」「白雪姫」「ラプンツェル」「いばら姫」など、現代社会を舞台に童話をなぞらえた怪異が紡がれる――。
鬼才・甲田学人が描く恐怖の童話ファンタジー、開幕。

時槻風乃と黒い童話の夜 第3集

時槻風乃と黒い童話の夜 第2集

時槻風乃と黒い童話の夜

発行●株式会社KADOKAWA

メディアワークス文庫

発行●株式会社KADOKAWA

CEO生駒永久の「検索してはいけない」ネット怪異譚
～IT社長はデータで怪異の謎を解く～

水沢あきと

その言葉、決して検索しないでください——
ネットに潜む闇は私が祓います。

どんなに社会が発展しても、『それ』はこの街のどこかに存在している——。

大学進学を機に上京した女子大生・梓は、親戚であるITベンチャーの社長・生駒永久と出会う。だが生駒には裏の顔があった。「きさらぎ駅」「くねくね」「異界エレベータ」「渋谷七人ミサキ」など、SNS等で噂される『現代の怪異』。彼はそれらに絡む事件を解決するスペシャリストだった。

『検索してはいけない』事象の数々に、生駒とともに梓は挑むことになるが……？

彼は怪異の調伏者——。最新IT技術がネットの闇を暴く。

メディアワークス文庫

学芸員・西紋寺唱真の呪術蒐集録

峰守ひろかず

呪いや祟りでお困りの方は、当館へ。
「専門家」がご対応いたします。

北鎌倉に建つアンティーク博物館に、その人はいる。眉目秀麗、博覧強記、慇懃無礼。博物館界のプリンスと呼ばれる名物学芸員・西紋寺唱真の実態は——呪いの専門家。とりわけ「実践的呪術」を追求し蒐集する、変人だ。運の悪い大学生・宇河琴美は、西紋寺のもとで実習を受けることに。だが、実習内容は呪いにまつわるものばかり。しかも怪しい事件が次々と持ち込まれ——。憧れの学芸員資格取得のため、西紋寺の実習生兼助手（?）として呪術の謎と怪事件に挑む！

北鎌倉の博物館に持ち込まれる呪いの奇奇怪怪を、天才学芸員が華麗に解き明かす伝奇ミステリ！

メディアワークス文庫

吹井賢
イラスト／カズキヨネ
犯罪社会学者・椥辻霖雨の憂鬱
メディアワークス文庫

犯罪社会学者・椥辻霖雨の憂鬱

吹井 賢

完全犯罪も、この二人はだませない──。
死者見る少女と若き学者のミステリ

「無味乾燥な記録にも、そこには生きた人間がいた。例えば新聞の片隅の記事、自殺者数の統計にも──」

椥辻霖雨は京都の大学で教える社会学者。犯罪を専門に研究する、若き准教授だ。

霖雨のもとにある日、小さな同居人が現れた。椥辻姫子。14歳、不登校児。複雑な事情を抱える姫子は「死者が見える」らしく……。

頭脳明晰だが変わり者の大学教授と、死者を見、声を聞き届ける少女。

二人の奇妙な同居生活の中、ある自殺が起きる。そこは住人が連続死するという、呪いの町屋で──。

大ヒット中、究極のサスペンスミステリシリーズ『破滅の刑死者』の著者による待望の最新ミステリ！

メディアワークス文庫

霊能探偵・初ノ宮行幸の事件簿

山口幸三郎

既刊3冊発売中!

**――生者と死者。彼の目は
その繋がりを断つためにある。**

世をときめくスーパーアイドル・初ノ宮行幸には「霊能力者」という別の顔がある。幽霊に対して嫌悪感を抱く彼はこの世から全ての幽霊を祓う事を目的に、芸能活動の一方、心霊現象に悩む人の相談を受けていた。

ある日、弱小芸能事務所に勤める美雨はレコーディングスタジオで彼と出会う。すると突然「幽霊を惹き付ける“渡し屋”体質だから、僕のそばに居ろ」と言われてしまい――？

幽霊が嫌いな霊能力者行幸と、幽霊を惹き付けてしまう美雨による新感覚ミステリ！

メディアワークス文庫

第27回電撃小説大賞《メディアワークス文庫賞》受賞作

僕といた夏を、君が忘れないように。

国仲シンジ

未来を描けない少年と、その先を夢見る少女のひと夏の恋物語。

僕の世界はニセモノだった。あの夏、どこまでも蒼い島で、君を描くまでは――。

美大受験をひかえ、沖縄の志嘉良島へと旅に出た僕。どこか感情が抜け落ちた絵しか描けない、そんな自分の殻を破るための創作旅行だった。

「私、伊是名風乃！　君は？」

月夜を見上げて歌う君と出会い、どうしようもなく好きだと気付いたとき、僕は風乃を待つ悲しい運命を知った。

どうか僕といた夏を君が忘れないように、君がくれたはじめての夏を、このキャンバスに描こう。

メディアワークス文庫

第27回電撃小説大賞《選考委員奨励賞》受賞作

ぼくらが死神に祈る日

川崎七音

余命４ヶ月。願いの代償。
残された命の使い道は――？

“教会跡地の神様”って知ってる？　大切なものを差し出して祈るの――。突然の事故で姉を失った高校生の田越作楽。悲しみにくれる葬儀の日、それと出会う。

「契約すれば死者をも蘇らせる」

“神様”の正体は、人の寿命を対価に願いを叶える“死神”だった。

　余命４ヶ月。寿命のほとんどを差し出し姉を取り戻した作楽だが、その世界はやがて歪み始める。

　かつての面影を失った姉。嘲笑う死神。苦悩の果て、ある決断をした作楽に、人生最後の日が訪れる――。

　松村涼哉も激賞！　第27回電撃小説大賞で応募総数4,355作品から《選考委員奨励賞》に選ばれた青春ホラー。

メディアワークス文庫

第27回電撃小説大賞《メディアワークス文庫賞》受賞作

君と、眠らないまま夢をみる

遠野海人

「さよなら」ができない、すべての人に届けたい感動の青春小説。

高校生になった智成の日常は少し変わっている。死者が見えるのだ。吹奏楽をやめ、早朝バイトをする智成は、夜明けには消えてしまう彼らとの、この静かな時間が好きだった。

だが、親友の妹・優子との突然の再会がすべてを変える。「文化祭で兄の遺作を演奏する手伝いをしてくれませんか」手渡されたそれは、36時間もある壮大な合奏曲で——。

兄を失った優子。家族と別れられない死者。後悔を抱える智成。凍り付いていたそれぞれの時間が、一つの演奏に向かって、今動きはじめる。

メディアワークス文庫

メディアワークス文庫は、電撃大賞から生まれる!

おもしろいこと、あなたから。

電撃大賞

作品募集中!

自由奔放で刺激的。そんな作品を募集しています。
受賞作品は
「電撃文庫」「メディアワークス文庫」「電撃コミック各誌」等からデビュー!

電撃小説大賞・電撃イラスト大賞・
電撃コミック大賞

賞(共通)
大賞……………正賞+副賞300万円
金賞……………正賞+副賞100万円
銀賞……………正賞+副賞50万円

(小説賞のみ)
メディアワークス文庫賞
正賞+副賞100万円

編集部から選評をお送りします!
小説部門、イラスト部門、コミック部門とも1次選考以上を
通過した人全員に選評をお送りします!

各部門(小説、イラスト、コミック)
郵送でもWEBでも受付中!

最新情報や詳細は電撃大賞公式ホームページをご覧ください。

http://dengekitaisho.jp/

主催:株式会社KADOKAWA